LA VIE MÉLANCOLIQUE DES MÉDUSES

DU MÊME AUTEUR

À MOTS DÉCOUVERTS : CONVERSATIONS, Grasset, 1987.

CULTURE : LES CHEMINS DE PRINTEMPS, Albin Michel, 1988.

PENDANT LA CRISE LE SPECTACLE CONTINUE, Belfond, 1989.

ADRESSE AU PRÉSIDENT DES RÉPUBLIQUES FRANÇAISES, Quai Voltaire, 1991.

PLACE DE LA RÉPUBLIQUE, Laffont, 1992.

MA LIBERTÉ, Plon, 1995.

POUR L'HONNEUR, Grasset, 1997.

JE VOUS HAIS TOUS AVEC DOUCEUR, Grasset, 2000.

LA COULEUR DES FEMMES, Grasset, 2002.

À MON FRÈRE QUI N'EST PAS MORT, Grasset, 2003.

FRANÇOIS LÉOTARD

LA VIE MÉLANCOLIQUE DES MÉDUSES

roman

BERNARD GRASSET
PARIS

Il y a des arbres, il y a des grilles, il y a des femmes blanches, des hommes blancs, il y a des murs, des chambres, un réfectoire, il y a du silence et des cris, il y a des nuages qui vont sur nous comme des visages, il y a des jours et des nuits, il y a ma chambre, il y a mon ventre et mon sexe, il y a ma faim et mon sommeil. Rien de tout cela n'est à moi.

Plutôt moins de bruit ici qu'ailleurs. Seulement le blanc des murs. Seulement la compagnie des miens : les morts. Ils bougent encore lentement. Regard noisette et faux de moi dans la glace. Je suis oblique à moi-même ici. Seulement mes yeux de cerf, le matin, à la toilette. Un cerf chassé.

Et tué si je sors. Il n'y a que trois lettres à « ici ». Je prononce le mot sans cesse. Et enfin il n'a plus de sens. ICI... ICI... ICI... Un cri d'oiseau. Ici : la porte fermée tous les soirs. Et le soir lui-même, fermé comme un temple.

Ici est un mot égyptien ou chinois qui veut dire le désert. Ou bien la foule. Ou bien : rien. Rien du tout.

L'infirmière est énorme. Un monument. Elle est alsacienne. Elle m'aime bien. J'ai un accord avec elle : elle ne voit rien et me permet d'écrire. En tout cas c'est ce qu'elle dit. Mais je me méfie. En échange, je lui ai promis de ne pas partir. Elle doit se méfier aussi. Parfois, elle vient boire un café. Nous parlons. Avec de longs silences qui ne signifient rien. Mon absence, peut-être. Je veux dire, cette façon qui est la mienne de ne penser à rien, de laisser le temps – et lui seul – être mon refuge. C'est une résidence secondaire, le temps. Comme peut l'être une tombe, le fond de la mer. Ma résidence principale c'est un petit carré de solitude, bien délimité, entouré de grilles, enfoui au fond de la France, au bord d'une rivière. Nous sommes au printemps. Je suis là depuis trois mois déjà.

L'infirmière sait que j'ai tenté, sans succès, comme tous les fous, d'écrire sur les murs. Ça ne marche pas ; le béton est lisse, soyeux, l'encre glisse comme de la pluie. Il y a une odeur de mer. Une odeur immobile. Parfois je lèche le mur pour sentir le sable qui est caché à l'intérieur. C'est salé. Les cris des bêtes humaines s'arrêtent là, sur cette surface si douce, amicale. Je suis fou.

C'est elle, mon infirmière, qui me fournit le papier, les stylos verts. Je ne veux écrire qu'en vert. Parce que j'ai mes manies. Au bout de quelque temps, enfermé avec toute cette lenteur, il me faut des habitudes ! Je prends mes médicaments dans un ordre immuable. D'abord le rouge, puis celui qui est bicolore, jaune et blanc, puis de nouveau un blanc crème, à peine teinté, enfin celui que je préfère : il ressemble à une petite porcelaine chinoise. Après je vais bien. Je deviens transparent, léger. Il m'arrive de fredonner.

Je n'écris que le soir. L'hôpital, alors, se change en tunnel de taupe. Chacun y creuse son passé, sa vie, ses mots. Parfois un cri traverse la nuit. Ou un râle, ou un rire. C'est bon d'entendre ces bruits et de savoir qu'ils ne me concernent pas. Ce ne sont pas des humains qui les expriment. Plutôt les murs, les grillages, les fenêtres avec leurs barreaux.

L'infirmière est une ancienne militaire. C'est elle qui me l'a dit. Mais je ne sais pas si c'est vrai parce que aussitôt après elle s'est reprise. Elle m'a raconté qu'elle aurait bien voulu l'être, mais que ça n'avait pas marché. Je l'appelle « Puppy ». Mais ce n'est pas son nom. Un jour, elle a fait tomber une enveloppe dans ma chambre. Sans s'en apercevoir ? Il y avait marqué Karine. Et puis son nom : Eltenberger. La lettre avait été postée à Trieste. J'ai continué à l'appeler « Puppy ». Je ne sais pas pourquoi.

Aujourd'hui c'est dimanche. Les cloches des églises (mais je n'en entends qu'une, là-bas, près de la rivière) ont un lien avec le givre. Elles ont une odeur de gare et de port. Je lis la Bible. Comme dans les hôtels que j'ai tellement fréquentés, il y a une bible, là dans le tiroir. Des psaumes, des histoires de guerre, des poésies, des prophètes. L'un d'entre eux s'appelle Habacuc. Un nom qui ressemble au cri d'un oiseau surpris pendant la nuit.

Je ne me souviens plus du nom du village. Est-ce que c'est Villiers-le-Bel ? Forray-le-Haut ? Percy-sur-quelque chose ? Des mots français sur des vieilles histoires, des collines, des batailles. Les Français ajoutent de jolis mots aux noms de leurs villages. C'est une rivière, une sainte ou une forêt. C'est parfois un château, un carrefour. Je me souvenais d'une vieille chanson : « Orléans, Beaugency, Notre-Dame de Cléry… » J'aimais bien, lorsque j'étais enfant, cette Notre-Dame. Elle me semblait dressée contre le désordre. Elle venait d'un temps qui avait son courage et sa fierté.

Ici, je mange, je respire. Il y a l'ombre des grands arbres. Je marche. Je ne parle pas aux autres. On les appelle des malades. Ils le sont, sans doute. Moi je sais qu'être enfermé ça permet d'être normalement fou. Comme tout le monde.

C'est encore Noël dans ma mémoire. Je me souviens. C'est juste après mon retour de Yougoslavie. La mission avait été un splendide échec. Nous étions deux agents du numéro douze. L'un d'eux, mon camarade, n'est jamais arrivé. Il y avait deux types à tuer et ils sont toujours vivants... Dans le service, on ne pardonne pas ce genre d'échec. Quand la France veut effacer ses erreurs passées, il faut que le tableau reste propre, pas de reste de craie, pas de trace d'éponge non plus.

Ce jour-là, je viens juste de rentrer de Sarajevo. Je marche. Je passe devant Fauchon, l'épicerie de luxe : christ bleu sur la façade, crucifié au milieu du saumon fumé et de la crème fraîche, rue glacée. La Madeleine, comme une pâtisserie, une femme obèse aux jambes lourdes. Tout autour, la vieillesse des confiseries humaines. Je me souviens des Noirs, je me souviens des passe-montagnes sur leurs visages africains, de leurs yeux effarés dans le gris de la laine. Sous l'église, sous la crèche en carton, la paille en plastique, on entend le métro qui trimbale la chaleur, les gens, les enfants, et tout le bricolage de Noël.

C'est là qu'ils m'ont arrêté. Près de la Madeleine. Il y avait N. Ses gants de laine rouge, son bonnet, le brouillard de sa bouche, si proche de moi. Elle m'a dit : « Tu viens avec nous. »

Comme je ne disais rien, elle a ajouté avec lassitude : « Allez, ne fais pas d'histoires. » Nous étions revenus au point de départ : elle m'embarquait. Je ne connaissais pas les deux types qui étaient avec elle. Nouvelles gueules de la maison. Maintenant ils prenaient des jeunes, au numéro douze... des costauds. A mon avis, ils faisaient une erreur. Nos affaires, ce n'était pas une question de force physique. Juste la bonne manière, au bon moment, sur la bonne cible. Je n'allais pas courir, ni protester. Je regardais la fin d'un film.

Au moment où j'écris ces lignes, je me souviens : je suis déjà mort. Je veux dire : absent. Ce qui m'entoure, c'est un décor. Personne n'y vit vraiment.

Je recommence la scène parce qu'il faut préciser tout cela : dans la rue, la fille avec ses gants et son bonnet de laine rouge. Les deux types : un devant, un derrière. Fauchon et son christ, ses pâtisseries et ses petits vieux. Et moi comme un imbécile qui devine bien qu'il va se faire oublier dans un obscur terrain vague ou mieux encore dans le plancher en béton d'une grande surface. Ils m'ont dit : « Tu viens avec nous et ensuite tu choisis : ou bien la balle dans la tête, ou bien l'hôpital psychiatrique. Là, il faut que tu nous aides. Tu sais bien que tu es fou. Il suffit de dire des choses bizarres. On t'aidera. Ça dépend de toi. Maintenant tu te décides. »

J'ai choisi l'hôpital. Mourir comme ça, tout de suite, c'était bête. J'étais indifférent, mais quand même. Et lâche, surtout. Alors l'hôpital, ça m'arrangeait. C'était une façon de disparaître moins pénible.

*

Il fait froid. C'est le vide en moi qui est glacé. Je commence quelque chose qui ressemble à un journal. Après avoir longtemps hésité. J'ai survécu et je m'en étonne moi-même. Il ne me reste pas grand-chose d'autre que toutes les larmes que je n'ai jamais versées, un stylo-feutre vert et puis des mots. J'écris pour ne pas perdre ce qui reste de ma vie : pas d'enfance, non, simplement le souvenir désordonné des femmes que j'ai cru aimer, leurs corps tellement multipliés qu'elles deviennent une femme unique, inaccessible, inexistante.

Je ne commence pas par le début. Parce qu'il n'y a pas de début. La vie se met en route quand on la prend en charge. Très tard. Au moment où il fait lourd au fond du corps et des yeux. Lorsque tout pèse, même les mots. Alors on se met à compter. On compte les morts, leurs visages, leurs peurs. On compte les étoiles pour s'endormir. On compte les heures. On compte les gouttes de pluie, sur les carreaux. Comme ça, pour rien… Et puis on se laisse lentement écraser par la nuit.

L'infirmière me parle. Je lui réponds rarement. Elle me dit : la pluie. J'acquiesce. Oui, la pluie. Elle me dit : les vacances. Pourquoi pas ? Je dis : les vacances. Parfois : ma femme. Alors ma femme aussi se met entre nous, entre les pas dans le couloir, les chuchotements, entre les promenades, le grillage, les murs…

J'ai toujours froid. Le froid ne vient pas de l'extérieur. Il est là, dans mon ventre. Il vient de moi, du papier que l'on me donne, de la nourriture, du sommeil et des rêves. Le froid est vert.

Il m'arrive de sourire, mais pour moi tout seul. Ma bouche se plisse, mes yeux fixent le vide, mon âme se réjouit. Cette joie n'a pas d'importance. C'est un nuage du soir, une dernière étape. Le soleil l'éclaire. Je sais que quelques minutes plus tard il redeviendra gris.

Mais il est rose, orange, pourpre, violet, pour quelques secondes. Il remplit mon cœur. La terre devient douce et paisible. Voici le temps des oiseaux. C'est leur fête. Sont indulgents, les oiseaux.

*

Hier, il y a eu une bagarre entre deux malades. Les surveillants n'ont rien fait. J'ai entendu les cris et puis une sorte de plainte très lente. Comme une voix qu'on ne pouvait plus retenir. Elle s'écoulait, liquide, ne prononçait rien d'autre qu'une perte de mots, de vie, un oubli de toute parole.

J'ai compris que le type était mort lorsqu'il n'y eut plus qu'un murmure de bébé. Doux comme une peau.

J'ai compris aussi cela : personne ne pouvait cacher le bruit de la mort.

*

Histoire d'un malentendu. C'est plutôt ça, ce que je veux dire. Je n'ai jamais reçu mon existence de face, comme un accident. Je m'y suis engagé de biais. A la manière de ces sournois qui regardent la terre en vous parlant. Alors, forcément, la vérité s'échappe. Elle devient irréelle : une ombre, une fumée, du vent. Les vérités passent avec leurs cris. Et puis aussitôt le silence qui repousse comme une herbe.

J'ai des images, oui. Insistantes, gravées dans mes rétines. Celle de Mourad, le voleur d'essence. Avec sa tête qui s'est enflammée. Et sa course au milieu du parking. Cognant son corps de gosse contre les capots.

Celle de Peter, mon seul ami, avec son petit ventre, ses yeux d'Allemand, son désir de filles, de garçons. Le vieux Peter.

Celle de Laura, l'Italienne, son goût des pastèques…

Celle de N., la légèreté un peu folle de ses cheveux, ses seins merveilleux, la courbe de l'épaule, son bonnet de laine rouge, la petite tache à l'intérieur de sa cuisse droite…

Des images qui se projettent d'elles-mêmes sur les murs. Je n'ai pas besoin de photos. Ni de miroirs. Le blanc, un peu sali, me sert de passé. Il en a la couleur.

Aujourd'hui c'est le jour de la presse. Je peux avoir tout ce que j'ai demandé. Mais je demande de moins en moins. Je ne vois plus que les titres. Et avant les titres, les photos. Le pape poursuivi par les ambulances, les visages d'Indiens dans les Andes, avec leur chapeau melon, les mannequins anorexiques, la vie sexuelle des gorilles ou des araignées.

Les livres que je commande, je les reçois un mois plus tard. J'ai demandé Stevenson, Segalen, Melville… Au lycée, je me souviens, il y avait cette odeur de mer qui venait jusqu'à moi lors des cours de géographie. Les différents bleus, sur la carte du globe, me plaisaient beaucoup plus que les autres couleurs, celles des Etats, des montagnes, des guerres. Les reliefs étaient en marron et les villes en noir. Je n'aimais pas les frontières. Je regardais fixement les mots posés sur l'eau : océan Atlantique, Indien, mer Baltique, lac Baïkal… Les îles me paraissaient aussi fuyantes que des nuages. Les Aléoutiennes comme des cerfs-volants... les Marquises vertes, les Lofoten... elles n'étaient pas fixes mais mobiles, incertaines, rêveuses, capables de se courber sous l'horizon, de disparaître. Je les voyais bouger lentement et je rêvais d'une carte du monde où il y aurait eu les c l'amour, les mouvements aussi de la fuite et du rêve… Mais cela n'existait pas.

Parfois Puppy me commande des livres d'histoire, des romans de gare, des essais, sans que je les demande. Il s'agit presque toujours de la dernière guerre. Je ne les ouvre jamais. Elle insiste beaucoup pour que je lise un écrivain du nom de Scheller. Elle me dit que c'est très beau. Je m'en fous. Des histoires d'enfants qui s'échappent, qui survivent, qui ne veulent pas mourir… Ces mots me gênent, je ne sais pas pourquoi. C'est normal qu'un enfant résiste à la mort. Mais ça change quoi, qu'il veuille ou non mourir ? Je préfère la Bible. Elle me rappelle mon enfance.

J'aime bien aussi les photos. Elles deviennent comme une vraie vie, elles conversent avec moi, je somnole en elles. Bien sûr : les femmes. Celles qui ne sont pas mannequins. Je veux dire : très maigres. Les filles de film et surtout celles de la publicité, je les colle sur le mur. Je les caresse. Elles me regardent. Le mot « femme » devient énigmatique. Lorsque je fixe leurs yeux, elles s'éloignent. Comment font-ils dans la publicité ? Le petit-suisse, le gâteau au chocolat, la dernière bagnole vous envoient des personnages jamais rencontrés, des regards, des jambes, des fossettes, des dents qui sont incroyables.

Alors je vais essayer de raconter ce qui s'est passé. Ça ne sert à rien mais je me fais plaisir. Quand j'étais petit, à l'école des Frères, je voulais écrire des poèmes, des chansons… Je commençais mais n'arrivais jamais à terminer. Tout le monde se moquait de moi. Maintenant, je dois me concentrer. Retrouver dans la vie qui fut la mienne, le peu qui me reste. Une poignée de sable tellement fin, inutile, qu'il s'écoule, sans que je m'en rende compte, entre mes doigts serrés.

*

« Je hais le matin. » Voilà ce que j'ai vu, en ouvrant les yeux, assis à l'arrière du taxi. Ce n'est pas vraiment comme cela que ma vie a commencé. Mais, à ce moment-là, dans cette voiture, j'ai vu N. pour la première fois.

Le coup de frein avait été brutal. Il m'avait réveillé. Tout autour, il y avait la nuit de Paris.

Avec des lumières jaunes, un peu chaudes, des lumières qui ne servaient à rien.

La fille était là, dans les phares, les bras écartés. Sous le sein droit : je hais. Sous le sein gauche : le matin. L'un et l'autre gonflés par la course qu'elle venait de terminer, là, devant la voiture. Elle avait de beaux seins.

Le chauffeur n'avait pas dit un mot. Un Asiatique. Sa joue, de là où je la voyais, exprimait seulement un petit tremblement, une contraction. Plutôt surpris qu'en colère, le chauffeur. En tout cas silencieux. Il n'y avait pas eu de collision. Seulement ce corps de jeune femme, au milieu de la rue. Debout. Les bras en croix. A quelques centimètres du capot.

C'était un carrefour. En regardant un peu plus haut, le long des façades, j'ai vu « Boulevard Malesherbes ».

Je m'étais endormi à Roissy, en quittant l'aéroport. Le dernier arbre que j'avais entrevu, avant de sombrer, un cèdre très grand, était entouré de routes, d'autoroutes, de pylônes.

A la sortie de l'aéroport une voiture était venue me chercher. Comme d'habitude. Le numéro douze s'occupait de moi jusqu'au moindre détail. Je revenais de Berlin.

Mais j'en étais sûr : je n'avais pas pu prendre un taxi pour aller boulevard Malesherbes. Lorsqu'on revenait d'une mission on ne prenait jamais de taxi. Et je n'avais rien à faire dans ce quartier de Paris.

Tout cela était assez semblable à la question qui m'éveillait souvent dans la nuit : « Qu'est-ce que je fais là ? » Je veux dire : vivant, ici ?

Il y avait parfois un début de réponse : mes yeux voyaient, ma mémoire enregistrait, dans la pénombre, une pièce avec des meubles, des îlots plus clairs que les autres, une trace des visages de la veille, des odeurs d'alcool ou de cigarettes, des draps... Il arrivait qu'un bras de femme, une joue cachée à moitié, des cuisses dévoilées me côtoient. Tiédeur. Sommeil. Corps défaits et apaisés. Que s'était-il passé au juste ? Le prénom n'était pas toujours facile à retrouver. Et cela importait peu. Je ne chuchotais jamais les prénoms dans les cheveux des femmes. Presque toujours inventés ils traduisaient la fantaisie, l'exotisme de ces moments de passe ou de passage. Emma, Ludmilla, Karina, Patricia... Lorsque les noms se terminaient en *a* c'était toujours faux. Même Laura, ce ne devait pas être son prénom.

J'avais un jour connu une Lucienne ; je l'appelai Angelina dès que j'appris la menace idiote de son prénom. Une petite boule de chair sanglante aux hurlements aigus au fond d'un hôpital... Et puis on traîne « ça » pendant des années. Il en restait quelque chose sur son visage. Comme un dégoût.

La fille qui n'aimait pas le matin, en une seconde, je l'ai détestée. Elle était découpée par le faisceau des phares. Des genoux jusqu'au menton la lumière très vive qui se fixait sur son corps aurait pu, à la manière d'un projecteur, éclairer une danseuse. Elle en avait le maintien, l'élégance. Il y avait du théâtre dans ses bras écartés. Je trouvais cela stupide.

Ce devait être une vieille Mercedes, la voiture. A la place du nombril – ou peut-être du sexe, je ne me souviens plus très bien – on voyait une sorte d'hélice à trois branches. Les pales de l'hélice étaient inscrites dans un cercle métallique.

Je n'avais pas trop envie de savoir. En France il vaut mieux ne pas poser de question. C'est un pays qui n'aime pas les réponses. Ne pas trop se faire remarquer. Alors on vous fout la paix. Il y avait une France officielle et puis une autre jaune, une autre noire. Il y en avait pour tout le monde, de la France. Chacun prenait ce qu'il voulait prendre : la République, la bagarre, autre chose, la polygamie, le racket, la drogue, l'excision…

Globalement je trouvais cela pratique. Je veux dire : d'avoir le choix. On pouvait croiser les petits Blancs du Front national, jouer aux cartes avec eux, ou bien boire un café avec les porteurs de burnous. C'était bien.

Au numéro douze, on ne parlait pratiquement pas. On attendait les instructions et on partait. Le chef n'était jamais le même. Nous, les dormants, on se connaissait peu. Il valait mieux d'ailleurs.

Mon seul copain, c'était Peter, un Allemand de l'Est. Après la réunion mensuelle on allait boire un coup. Ce n'était pas interdit. Ne pas se parler c'était plutôt une habitude, une prudence. Pas vraiment un ordre.

Pour trouver de la Pilsen, il fallait parfois marcher longuement. Une bonne bière, la Pilsen…

Peter, il n'avait pas eu de chance. Il était né à

Dresde. Il avait quitté cette ville avant le bombardement allié. Tout avait brûlé après, jusqu'aux égouts, jusqu'aux enfants. Enfin, c'est ce qu'il disait… Il parlait du phosphore et des gens qui plongeaient dans les canaux pour ne pas s'enflammer.

Fils de nazi c'était déjà pas drôle. Mais après il y avait eu la police politique, la Stasi. C'est là qu'on l'avait récupéré. Très déprimé au début… Tentatives de suicide, drogues douces, dures, violences diverses. Puis ça s'était arrangé.

Je pensais à lui, ce soir-là, le soir du boulevard Malesherbes. C'était la veille de l'Ascension et je ne me souvenais plus de quelle ascension il s'agissait. En allemand on disait *Aufstieg*... je crois. Quelque chose comme « debout ». Ou bien *Himmelfahrt*, peut-être. Le « chemin du ciel »… Mais je ne suis pas sûr. J'avais lu des mots comme ça dans le journal, en revenant à Paris.

S'agissait-il de la Vierge, du Christ, d'un apôtre ? Je n'en savais rien. Il y avait en tout cas une idée de montée vers le ciel que je trouvais un peu ridicule. Les humains, les vrais humains, on les faisait plutôt descendre au fond de la terre.

Depuis quelques jours d'ailleurs on pouvait

voir sur les colonnes de publicité, à Berlin comme à Paris, la promotion d'un film qui s'appelait *Aucune nouvelle de Dieu*. J'aimais bien ce titre. Il me semblait correspondre à peu près à la situation générale. Le personnage principal du film c'était, à l'évidence, un énorme revolver. Sur l'affiche il était dirigé vers les passants, visant tous ceux qui auraient voulu s'approcher d'un peu trop près. Le revolver était beaucoup plus important que la fille qui le tenait avec crainte. Comme si elle voulait l'éloigner de son corps à elle. Elles font ça, parfois, avec les araignées ou les crapauds. Même immobile on la voyait trembler. C'était un gros Mauser.

Paris, ce soir-là, était désert. Une prostituée ici ou là, un car de flics qui s'ennuyaient à travers leur grillage, des paumés, beaucoup de vide dans la ville. Peut-être même dans les immeubles, les gens n'étaient plus là. La lumière aussi était vide.

La fille m'avait dit : « Tire-toi. » Elle l'a dit deux fois. Très vite. D'abord sans me regarder. Puis comme je ne bougeais pas, elle s'est retournée vers moi. Je venais à peine de comprendre qu'elle s'était assise devant, à côté du chauffeur, avec ses rollers. C'est à ce moment-là seulement que j'ai vu son visage. Une blonde aux yeux marron. Je dis marron mais c'était plutôt une couleur de rocher. Ça change avec la lumière. Ça change avec la nuit.

Moi j'aime pas trop les blondes. Quand elles sont jeunes elles se croient tout permis. Les blondes c'est pour les fantasmes. Les Américains les aiment bien parce qu'ils sont souvent impuissants. Ils rêvent des cheveux de la fille autour de leur propre sexe, éparpillés sur le plaisir. Elles sont blondes pour les affiches, la réclame. Elles ont toutes les mêmes dents, la même bouche.

Dès que je l'ai vue, j'ai détesté cette fille. J'ai quitté le taxi parce que je ne pouvais pas faire autrement. Nous, les dormants, lorsque la mission est terminée, on rend notre arme. Je l'avais remise au chauffeur de Roissy. Je respectais la règle. Avec les photos du type que j'avais démoli. Il avait encore les yeux ouverts et c'était même la seule chose qui restait de lui. Et puis ses chaussures. Je veux dire : quelque chose d'identifiable. Je m'en souviens très bien.

Je n'avais pas à négocier avec la fille. Je suis parti. Je ne voulais pas discuter. Le boulevard Malesherbes c'était pas ma destination.

En sortant de la voiture je n'ai pas eu le sentiment d'être en danger. Je n'ai pas insisté. Dans ma tête il y avait « tire-toi… ». Dans ces cas-là, je me parle avec sympathie.

Je suis parti à pied, tranquillement.

Il faisait bon et j'ai marché : la Madeleine, la place de la Concorde, la Seine. J'ai dormi quelques instants sur un banc. Je me souvenais qu'en entrant dans le taxi la fille avait cogné ses rollers contre la porte en faisant un drôle de bruit. Un bruit de métal et de caoutchouc.

*

Il faut que je parle de Peter. Son vrai problème c'était son père, Hans. Un jour, comme ça, après mon retour de Berlin, il s'était lancé dans un long monologue. Peter enfant, je ne le voyais pas bien. Il me semblait qu'il avait toujours été vieux. On grandissait trop vite à cette époque. L'enfance ça ne durait que quelques saisons, parfois quelques jours. Dans sa famille, il y avait toujours eu du mensonge entre les mots. Les Allemands, ils s'étaient enfoncés dans la mort, un sable mouvant. Plus ils se débattaient plus ils s'enfonçaient. Le mensonge et la mort s'étaient mélangés.

Peter n'aimait pas évoquer tout cela. Il le faisait pour que je comprenne. Il y avait Berlin d'abord. Une ville d'indics, de soldats. Des casquettes, des décorations, des brassards, des défilés, des drapeaux. La ville était lourde, et pourtant elle flottait à tous les vents, à tous les étages. Même les civils vous regardaient comme le font les flics : par en dessous.

En tout cas c'est comme ça que Peter parlait de sa ville. Avec sa mère au milieu. Il l'aimait beaucoup. Eva était une Allemande de Silésie. Peter disait Schlesien. Il parlait d'elle comme d'un jardin. Et dans « Schlesien » on entendait les feuilles, le vent dans les peupliers. Pas vraiment un mot allemand comme ceux qui résonnaient dans la rue. Même *Heimat* ou *Frankreich* faisaient un bruit de guerre. Et surtout le mot *Jude* ou le mot *Raus*. Mais pas Eva.

Hans, le père, avait commencé comme tailleur de pierres à Dresde. C'est là qu'il s'était marié. Il avait une vraie passion pour le granit gris qu'on allait chercher dans les carrières du Scheswig-Holstein, au bord de la mer. Il disait que le granit sentait la mer et que rien, jamais, ne pourrait le détruire. En quelques années il avait réalisé dans toute la ville de nombreuses statues, des frontons de casernes, des monuments aux morts, plusieurs aigles aux ailes déployées sur des bas-reliefs, des croix gammées.

Il avait ainsi conquis l'admiration des dirigeants du Parti et des S.S. Ils avaient envoyé la famille s'installer dans la banlieue de Berlin. Presque la plaine déjà. La grande plaine de Prusse qui s'étend vers la Pologne. Berlin, c'était une promotion, la famille avait un grand appartement. Mais la guerre commençait à mal tourner. On voyait la fin se profiler.

Peter se souvenait : il y avait des gens qui disparaissaient, des voisins. Il ne fallait pas poser de questions. Du jour au lendemain, à l'école, des enfants s'absentaient. Pas de commentaires. Ils ne revenaient pas. Des noyés aussi, dans les lacs...

Hans avait un nouveau métier. Il était devenu l'adjoint du bourreau de Berlin. Le bourreau lui-même était célèbre, respecté par ses chefs. Un homme droit. Un bon nazi. Hans l'aimait bien. Ils formaient une équipe solide.

Quand le père revenait, le soir, ça sentait bon

dans la maison. Il y avait de l'eau de Cologne là où il travaillait. Pour Peter, le père c'était d'abord une odeur d'eau de Cologne.

Les voisins les considéraient comme une famille unie. Le dimanche ils allaient se promener à la campagne, tous les trois. Ils devaient prendre un tramway et puis ensuite marcher à travers champs. Du houblon, des pommes de terre.

Il y avait une ferme où Eva achetait du lait et des œufs. Peter se souvenait du fumier, des cochons. Et puis aussi d'un énorme cheval de Poméranie. Un jour Eva avait voulu acheter un canard. On avait proposé, par plaisanterie, à Hans de s'en occuper. Il avait accepté. Le canard avait tourné longtemps, sans sa tête, au milieu de la cour. Les paysans riaient.

J'ai compris très vite que le père de Peter n'aimait pas les femmes. Il les méprisait, disait qu'elles avaient peur des souris, de la nuit, des orages... Il répétait sans cesse : *Kinder*, *Kirche*, *Küche*... Les enfants, l'église, la cuisine... Sur tout le reste, elles devaient se taire. Peter, lui, parlait des Allemandes comme de grands lacs noirs. Il en évoquait le visage dur, fermé : « Elles sont froides, elles ne bougent presque pas, elles attendent seulement. Elles attendent toujours quelque chose : peut-être la guerre. »

*

Petit à petit je raconte la vie de Peter parce que je sens bien qu'elle est pour moi plus étrange encore que la mienne. Nous aimions marcher ensemble dans Paris. Je ne lui disais rien de ce que j'avais fait à Berlin. Il me semblait que l'histoire de la fille avec ses rollers, je pouvais lui en parler. Mais ça ne l'intéressait pas. Il poursuivait une sorte d'idée fixe : justifier sa présence aux réunions mensuelles du numéro douze. J'étais étonné de cette insistance. Ce n'était pas mon affaire.

Un jour, du côté de Barbès, il a commencé à me parler de la Russie. Sa mère y avait été déportée. Elle n'était pas revenue. Quand on va vers l'est on ne sait jamais si on va revenir. C'est comme ça qu'il parlait, Peter. Il disait qu'il y avait beaucoup de raisons pour que le numéro douze l'ait récupéré : fils de nazi, ancien policier communiste, détestant les Russes. Il présentait pour le service un grand intérêt.

On pouvait vérifier tout cela, disait-il. « Les archives, vous savez, elles ne brûlent jamais complètement. Il y a souvent un papier, une date, un nom qui traînent ou que quelqu'un a conservé. Des photos parfois. Contrairement à ce que l'on pense, la police, ça marche plus ou moins bien. Pendant les guerres c'est toujours un désordre. Même avec les Allemands. » Et puis il me regardait en clignant des yeux : « De toute façon, j'ai tout conservé… »

Moi, je comprenais qu'adjoint du bourreau, c'était un vrai métier. Peter, là-dessus, il donnait des précisions. Tous les jours le père devait y être. Ça se faisait à la hache. Un gros billot de bois, une hache. Il fallait tenir la tête et s'écarter au bon moment. D'abord parce que c'était dangereux. Et puis il ne fallait pas trop se salir. Il avait fait ça, Hans : tenir les cheveux. Peter n'avait pas d'opinion sur la question. Il savait simplement que l'on donnait aux condamnés des cellules propres, de quoi manger. Ceux-là, ils n'étaient pas torturés. Ils devaient simplement attendre. Le rôle du père était d'aller les chercher pour les préparer. La plupart étaient des Allemands. Les soldats étaient corrects avec eux.

Hans avait été arrêté alors que Peter avait sept ans. Les Russes étaient entrés dans l'immeuble à moitié détruit. Ils étaient partis avec ceux qu'ils avaient trouvés. Hans et sa femme Eva avaient été embarqués les premiers. Peter s'était caché. Il a entendu la rafale de mitraillette. Mais quand il est sorti, la première nuit, il n'y avait que son père, dans l'ombre, avec un drôle de sourire. L'immeuble continuait à brûler, il avait fallu que Peter approche son visage du corps. Il ne faisait pas très chaud. Il voyait surtout le ventre, avec des trous qui mélangeaient leur sang. Et puis les yeux du père tournés vers le ciel. Hans avait l'air de rigoler. Son sexe était à côté du corps. Posé sur une pierre.

Eva, sa mère, avait sans doute été violée, comme les autres femmes, et ce qui restait d'humains dans le quartier, toute cette vie sous les ruines avait été aspirée. Les camions russes étaient venus avec des Mongols et repartis avec les Allemands.

Peter était resté dans la cave de l'immeuble en compagnie d'un garçon de dix-sept ans, membre des Jeunesses hitlériennes. Ils avaient dormi enlacés, ils avaient mangé les rations des déserteurs de la Wehrmacht, ils s'étaient parlé en chuchotant, ils avaient surtout écouté ensemble l'orage de l'artillerie russe qui s'éloignait vers l'ouest.

Quand, une semaine plus tard, les deux garçons se sont rendus, il faisait beau. Le printemps sentait le brûlé. Il n'y avait plus d'oiseaux. La ville était disloquée, peuplée seulement des ombres de quelques femmes dans les ruines. Elles cherchaient des corps sous les gravats.

Le jeune soldat qui avait partagé avec Peter une vie de rat, quelques moments de tendresse aussi, fut fusillé immédiatement. Et Peter enfermé dans un ancien hôtel à peu près intact. C'étaient des communistes qui le gardaient : des Allemands, des Russes, des Tchèques. Il y avait partout des miroirs brisés. Un ancien hôtel de passe.

Dans cette maison, Peter avait appris à haïr. Il n'avait pas haï son père, il n'avait pas haï Berlin, ses jardins, ses musiques qui défilaient sans cesse, ses emblèmes, il n'avait haï ni son école dont les bancs se vidaient en silence, ni les arbres sur lesquels on retrouvait parfois un pendu. Mais il haïssait cette prison aux odeurs tenaces de sperme et de soldats. Il haïssait ces vieilles chambres décolorées où tout était permis : les vols, les viols, les tabassages nocturnes, les humiliations, les surveillants corrompus, les tankistes mongols qui venaient chercher des enfants pour la nuit.

Dans ces moments-là, il parlait dans le vide, Peter. J'étais bien là mais je n'existais pas vraiment à ses yeux. L'Allemagne était quelque chose qui appartenait à sa vie mais en même temps qui la détruisait de l'intérieur, un trou profond et glauque.

« Ces gens-là, ils avaient réinventé la mort. Comme une fête. Alors naturellement il y avait de la mort dans leurs yeux, dans leurs mots. Comme le début de quelque chose... »

Son français était excellent, un peu suranné parfois. Il le parlait à la perfection, comme deux ou trois autres langues : le serbo-croate, le tchèque, le hongrois... Mais pas l'anglais. Il y avait des cours de langue dans la police, en Allemagne de l'Est. Leurs agents étaient – au moins sur ce point – meilleurs que les nôtres.

Par contre Peter mélangeait sans cesse le

« tu », le « vous », le « ils ». Je ne savais jamais si le « vous » c'était un collectif, par exemple les Français, ou s'il m'était destiné à moi. Mais je comprenais peu à peu : pour lui j'étais tous les autres...

*

Le numéro douze nous donnait l'occasion de nous retrouver avec Peter. Dans les derniers jours de chaque mois paraissait une annonce, dans deux ou trois journaux, une annonce toujours incomplète. A louer, deux pièces, rue... Il n'y avait ni numéro dans la rue, ni téléphone, ni nom de propriétaire ou d'agence. Et puis un code. Nous savions qu'il fallait aller au douze de cette rue. Toujours au deuxième étage à gauche. Toujours le premier jeudi du mois.

Nous étions généralement trois ou quatre, rarement davantage. Depuis un an et demi il y avait Peter. Mais les autres changeaient.

C'est ce jour-là que nous savions ce qu'il fallait faire. Le plus souvent rien. Attendre. Cela pouvait durer des mois. On nous appelait les méduses. Il ne fallait jamais écrire ni téléphoner.

Si l'on nous donnait une mission, nous recevions des documents : des photos de gens à suivre et à tuer, des adresses, des noms d'associations, de l'argent, un emploi où il fallait se présenter. Il fallait tout apprendre par cœur. Ensuite les documents étaient détruits. Parfois la mission était très brève, très précise. Parfois c'était plus long : une année, deux années s'il fallait pénétrer une organisation, monter dans une hiérarchie, se faire accepter.

On se séparait sans dire un mot. Sauf avec Peter parce que je l'aimais bien. Il disait toujours des choses étonnantes qui n'avaient rien à voir avec la réalité. Et surtout rien à voir avec le moment que l'on traversait. Un jour, au milieu d'un trottoir, il me dit : « Vous comprenez, j'aime les buissons, les fourrés, les prairies, parce qu'on ne peut pas les taguer… » Ou bien : « Les arbres, on en perd vite la mémoire… »

*

Peter faisait partie des « ventres ». C'est comme ça qu'il appelait les plus vieux. Il disait qu'ils étaient souvent les meilleurs. Les femmes surtout. Paisibles, retirées, des bandeaux sur les cheveux, elles ne faisaient peur à personne. « Les ventres, disait Peter, avec leurs lunettes, leur vieux manteau, leur parapluie, leur démarche un peu lente, ils sont comme tout le monde. Dans le métro, dans la rue, dans un restaurant, ils peuvent être seuls, lire un journal, s'asseoir sur un banc : personne n'y fait attention. Mais petit à petit, tu sais que tu es vraiment comme ça, que ta vie est finie, que personne ne te regarde. C'est tout juste si on laisse la porte ouverte devant toi lorsque tu t'avances. Alors tu entends beaucoup de choses… Lorsqu'il faut agir c'est plus simple. Il y a un seul mort, et tu as fini, au bout d'un certain temps, par bien le connaître. »

*

Lorsque nous marchions ensemble, nous avions le sentiment que les gens normaux, les passants, les écoliers, les automobilistes, les commerçants, avec leurs horaires, leurs mains, leurs paroles, avec tous ces tissus sur eux, vivaient dans un temps et un monde différents, aussi loin de nous que les planètes, les tribus anciennes, toutes les manières que l'on peut avoir de tourner sur soi-même d'une façon incompréhensible.

Je répondais rarement à Peter. Il n'attendait d'ailleurs aucune réponse. Je parlais peu, je n'avais plus envie. On dit toujours un mot de trop. Il fallait attendre et se taire. J'aimais bien ces deux mots : attendre et se taire. Lorsqu'on s'impatiente, lorsqu'on parle trop longtemps on fait toujours un pas vers la mort.

Par contre, j'avais évoqué à deux reprises, devant Peter, l'étrange histoire du boulevard Malesherbes. Il avait, à chaque fois, haussé les épaules. Je ne savais pas ce que cela voulait dire. Peut-être : débrouille-toi. Peut-être : c'est pas grave. Il s'en foutait. En tout cas, il n'avait pas d'explication. Dans notre métier, il y avait rarement des explications... D'ailleurs, franchement, je ne sais pas ce que c'est.

Mais je voulais revoir la fille blonde. Je l'avais appelée N. dans ma tête. Et je me repentais un peu d'avoir trouvé qu'elle n'était pas belle. Ce n'était pas vrai.

Grande, sportive, une peau brune, des cheveux clairs, elle me semblait assez lointaine. Peut-être une fille du Nord. Elle était venue dans un sommeil que je ne comprenais pas, en un lieu où je ne devais pas être. Elle s'était échappée dans la nuit. Au moment où les femmes sont toujours plus belles.

J'arrivais de Berlin, ce soir-là. C'était une mission qui avait duré deux mois. Je n'avais pas d'autre engagement que d'attendre la prochaine réunion du numéro douze. Le temps s'étirait. De nouveau je sentais l'ennui : comme une odeur de poussière, en plein été. Une odeur qui ne vous lâchait plus. Je marchais ainsi pendant des jours, je regardais les gens, les vitrines, les femmes surtout. Les blondes… par curiosité. J'aimais bien les bancs retirés sous les arbres. Même la pluie me convenait. Cette attente dura plusieurs mois. Chaque réunion du numéro douze se terminait sans que je reçoive la moindre instruction.

Puis, à la fin du mois d'août, parut dans le journal l'annonce pour le mois suivant. Cette fois-ci c'était rue de Stalingrad, près de la gare du Nord. Je ne sais pas pourquoi mais il y avait quelque chose qui ressemblait à Berlin dans l'allure des gens. Je me souvenais de la neige de Berlin. Une neige grise, pas vraiment sale mais grise. Une neige de chantier qui laissait apparaître des morceaux de caillou, de la terre. Dans le quartier où j'étais, là-bas, tout était gris. Le ciel surtout et puis le regard des passants, l'indifférence…

Rue de Stalingrad, il n'y avait pas de neige, bien au contraire. Elle était à l'intérieur des gens. Il faisait lourd. Les rues étaient poisseuses.

Quand je suis arrivé au lieu de rendez-vous, la porte était entrouverte. Il y avait juste un type qui me fit pénétrer dans la pièce suivante. La scène se déroulait toujours de la même façon.

Dans la petite entrée, ce jour-là, deux vestes d'hommes étaient accrochées, un blouson de cuir également et sur le sol, une paire de rollers. Juste au-dessus, pendu à une patère en bois, un bonnet rouge.

Je me souviens : j'ai regardé les patins assez longuement comme on regarde une pièce dans un musée. Ou bien quelque chose qu'un enfant aurait laissé traîner dans un bureau où il n'y a jamais d'enfant. Qu'étaient ces appartements au fond ? Des planques, des refuges pour le service mais aussi des lieux qui avaient été habités, qui avaient connu la banalité de la vie domestique, l'odeur des corps endormis, la pluie sur les manteaux, le chocolat des enfants, les remontrances des mères. Cette succession de vies diverses, maintenant évanouies, ces générations disparues au fil des divorces, des maladies, des départs, tout ce bruit qui s'était éteint, je l'entendais, à chaque fois, dans chacun des appartements où nous nous rencontrions. Le plancher surtout me fascinait. A Paris il y a, dans les vieux appartements, des planchers qui expriment l'ennui et la disparition.

Dans nos réunions, il fallait s'habituer à des visages souvent nouveaux mais toujours absents, inexpressifs. Certains lisaient le journal, d'autres tapotaient machinalement la table ou le dossier d'une chaise, à côté d'eux. A chaque fois il fallait s'adapter à ce silence, dans la pièce, au début de nos rencontres.

Ce jour-là, je n'ai pas tout de suite compris. Il y eut d'abord quelques images en moi, légèrement floues puis progressivement plus précises. Quelque chose comme un film que l'on met en place, il dérape, se brouille, s'accélère.

Peu à peu la netteté se trouve améliorée. Un visage se dessine, déformé d'abord. Une sorte de rictus dans le mouvement de la bouche et puis ces cheveux… Des cheveux blonds, très clairs.

Je la voyais à contre-jour. Derrière elle, la lumière d'une fenêtre la faisait ressembler à un dessin d'enfant. Ceux dans lesquels le soleil est toujours d'un jaune vif, entouré de rayons réguliers. On aurait pu la prendre également pour une jeune bourgeoise attendant son tour chez le dentiste. Pourtant c'était bien elle, la bouche un peu têtue, les cheveux lumineux, des épaules admirables : elle et ce « tire-toi » permanent qu'elle portait dans son regard lorsqu'il arrivait qu'on le croise.

Je tentais justement de ne pas le croiser. Nulle émotion en moi. Seulement la surprise de la voir parmi les méduses. Je ne pouvais imaginer, dans cette pièce où nous étions enfermés, qu'elle ait pu me reconnaître. Mais la question était bien là : qu'est-ce que je faisais dans ce véhicule dont elle s'était emparée ?

La réunion se termina. Je n'avais reçu aucune instruction nouvelle. Je n'avais non plus aucune intention. On m'avait simplement dit de rester à Paris. Le mois prochain on aurait besoin de moi. C'était bien. Je n'avais envie de rien de précis. Seulement une liberté vague, flottante. Une paresse. Devant moi se laissaient aller mes souvenirs. Ils ressemblaient à un futur de quelques jours, déroulé au fil de mes promenades. Je me souvenais des jours à venir : c'étaient ceux d'hier, d'avant-hier, de toujours. « Y a-t-il quelque chose de mieux qu'un jour vide ? » disait Peter. Je prenais cette phrase pour moi lorsque mon passé faisait des grumeaux, des petits bouts de temps agglomérés, coagulés, assez faciles à saisir et à identifier. Ils durcissaient et donnaient à ma mémoire l'aspect d'un vieux catalogue.

*

J'ai suivi cette femme. Une idée singulière qui m'échappait en partie… Un réflexe ? Je savais comment il fallait faire mais je savais aussi que, dans notre métier, on a une sorte d'intuition, comme un malaise. Quelqu'un est sans doute derrière vous, plus ou moins loin, mais toujours présent, attentif… Peut-être avait-elle senti que j'étais là ? A quoi devine-t-on que l'on est suivi ? Je m'étais souvent posé la question. A un moment donné, en une seconde, une impression étrange vous saisit : on est devenu une proie. Il y a dans un viseur, un peu plus loin, une cible et c'est vous. Au milieu du viseur, votre corps est installé. Au croisement de la ligne horizontale et de la ligne verticale, il y a la tête.

Autant par peur du ridicule que par prudence, je restais éloigné. Elle traînait, s'arrêtait devant des vitrines sans intérêt. Je pense qu'elle regardait plutôt le reflet de la rue, les passants, peut-être son propre visage, sa silhouette.

Je détestais cette femme mais je devais bien être le seul. Je savais lire dans le regard des hommes. Certains se retournaient. Peut-être sa nonchalance, sa façon de balancer, à bout de bras, le sac dans lequel elle avait mis ses rollers… Le bonnet rouge, le blouson de cuir, de loin, me servaient de point de repère. Ses cheveux blonds débordaient avec légèreté, ils brillaient à contre-jour. Elle n'avait pas besoin de bouger la tête pour qu'ils fassent une sorte de musique joyeuse autour de son visage.

Je m'apercevais peu à peu qu'elle créait, dans son sillage, comme un mouvement aérien. Même les femmes la regardaient. Il y avait à la hauteur de sa taille quelque chose d'indépendant, un mouvement qui se suffisait à lui-même, qui n'avait plus rien à faire avec le sol. Un éloge.

Je me rendis compte que je la désirais sans doute, mais d'une façon trouble et violente. Je voulais un viol. Pas une histoire d'amour. Je la voulais en pleurs, défaite, souillée. Je voulais ses cheveux, sa bouche, tout son visage démoli par la rage. Je la voulais humiliée, oui, c'était ça.

Naturellement, cela se passa autrement. N. s'engouffra dans un taxi, sans respecter la petite file des clients qui attendaient. Et qui, de loin, me parurent protester.

Je me mis à courir mais il n'y avait plus personne à la station. Peut-être m'étais-je trompé ? Il me sembla que la voiture qui s'éloignait, emportant – encore visible à travers la vitre arrière – le petit bonnet de laine rouge, c'était une Mercedes.

*

Ainsi m'étais-je laissé entraîner dans une recherche idiote. L'irruption de cette femme me donnait un goût de jeu, de violence et d'enfance. Un goût dont je savais qu'il resterait vivant en moi. Je n'avais pas à traiter avec le présent, il suffirait de le laisser à lui-même. J'allais vivre à reculons. Ce n'était pas plus mal.

A Berlin, lors de ma dernière mission, j'avais vécu dans la proximité d'un homme qui s'était souvent échappé. J'étais seul et je ne pouvais m'adapter sans cesse à ses allées et venues. L'homme était un criminel de guerre. Il avait l'âge de la guerre yougoslave : un gamin dont la cruauté s'était épanouie autour de ses vingt ans. Il en avait trente maintenant.

Il passait son temps dans les musées, ce qui rendait mon travail plutôt facile. Il fallait toujours observer longuement sa cible avant d'agir. Dans un musée on se penche sur un objet, on médite, on s'éloigne d'un tableau pour mieux le comprendre. Il y a des mouvements naturels, paisibles, du corps et du regard. Ces comportements n'inquiètent personne.

Je sentais sa crainte. Je la mesurais à sa maladresse, à sa façon de revenir en arrière quand il arpentait un boulevard, à sa façon aussi de regarder alors le visage des passants. Il était serbe. Il s'appelait Idric.

J'aimais bien ce travail. Le type était seul dans cette ville immense. Il venait chercher de l'argent et je savais quels seraient les donateurs. Deux ou trois prête-noms, des banquiers douteux, des officines.

Les photos qu'on m'avait données de cet homme venaient des services américains. J'admirais leur précision. On voyait Idric à la tête d'une petite équipe : visages maigres et mal rasés, sourires aigus, armes de guerre en évidence. On imaginait assez bien ce qui avait pu se passer juste avant. Ou bien ce qui allait se passer. Une photo c'est toujours une question sur ce qui la déborde, sur ce qu'elle cache. L'une d'entre elles était étrange : Idric caressait le visage d'une petite fille et de l'autre main lui faisait sucer le canon de son revolver. Elle était belle, un peu craintive sans doute, mais elle souriait… Pour peu de temps encore…

Sur une autre image, on le voyait en maillot de bain au bord d'un fleuve. Ces vieux maillots en laine que l'on portait jadis, toujours trop grands sur des corps maigres. Il s'apprêtait à plonger et regardait l'objectif. Autour de lui des garçons dont certains devaient avoir seize ou dix-sept ans. Et puis un adulte, barbu. On ne savait rien de lui. Il portait un uniforme noir qui ne correspondait à aucune armée régulière.

Témoignage d'une Europe des années trente. Comme si, dans ce pays-là, le temps s'était arrêté avec la guerre. Après il n'y avait plus rien.

A sa mort, dans l'album de mon père j'avais trouvé ce même genre d'images : une insouciance, une façon d'aimer l'eau, les rivières, le sport, les corps que l'on semblait découvrir. Juste avant qu'ils ne soient détruits.

Et puis une autre : Idric avait son pied posé sur la tête d'un soldat. Un prisonnier sans doute. Une botte lourde, épaisse, dont on voyait le cuir, la puissance. La boue se décomposait en poussière, en sable sur la face terrorisée d'un homme au visage d'enfant.

J'avais aussi les noms, les adresses des donateurs qu'il devait rencontrer. Des banquiers rapaces et veules, comme tous les banquiers du monde. C'était de la routine. On me demandait seulement d'aller vite : une mission sans aspérité majeure. Juste une attention, comme toujours, à ce qui était répétitif dans l'emploi du temps de la cible. On voulait toujours des certitudes au numéro douze, il ne fallait pas prendre de risques.

Je connaissais l'appartement dans lequel il se trouvait. Je l'avais visité. L'immeuble abritait une série de logements meublés, destinés à la location. Il y avait des étudiants, des saisonniers turcs, des prostituées. Idric avait fait un bon choix. On pouvait rentrer tard, ne pas se parler, dormir toute la journée. Les banquiers savaient ce qu'ils faisaient. Ce type était un bon client. Pour eux ça pouvait rapporter beaucoup.

J'étais seul dans cette mission et je le regrettais. A deux ou trois on aurait pu réussir plus rapidement. Mais au numéro douze on était presque toujours seul.

Manifestement il y avait beaucoup d'argent à distribuer. Un argent qui passait d'un camp à l'autre du jour au lendemain, sans trop d'hésitation. La guerre a toujours été un aimant pour la limaille du fric. Les banquiers cette fois-ci avaient misé sur les tueurs et Idric allait d'un bureau à l'autre, entre deux musées, avec son cartable. Tout devait se faire en liquide. Berlin c'était moins surveillé que la Suisse. Mais Idric prenait des risques. Il avait des faiblesses : la drogue et puis les femmes. Pour celles-ci, il y avait eu les viols dans les camps de prisonniers bosniaques. Et puis les achats, à la frontière albanaise, de jeunes filles.

Sur cette mission, mes vrais concurrents étaient les gens de La Haye, ceux du Tribunal pénal international. Ils s'étaient engagés, eux aussi, à la poursuite d'Idric. Mais eux, c'était en liaison avec la police allemande et pour le faire parler. Moi, pour qu'il se taise. Définitivement.

J'avais connu un des flics allemands. Ses services l'avaient formé spécialement sur la guerre en Yougoslavie. Pendant dix ans, il avait tout fait : Vukovar, Mostar, Bihac, Sarajevo, et surtout Srebrenica... Il y avait sans doute un accord entre les Serbes et lui pour qu'il puisse être là, à chaque fois, à chaque incendie, à chaque négociation, à chaque massacre. Il voulait Idric vivant. Moi c'était le contraire.

Il se faisait appeler Wilhelm. Pourquoi pas ? Ce n'était pas son nom. Je me souvenais de son visage. Un an plutôt j'avais été infiltré comme agent d'hygiène dans une maison de soins de la région parisienne, à La Garenne-Colombes, une clinique un peu particulière. J'étais là pour débrancher un vieux général, atteint d'Alzheimer, qui avait subi déjà plusieurs interventions cardiaques. Il avait longtemps dirigé les services français chargés des armes chimiques et bactériologiques. Le vieux commençait à parler à n'importe qui. Notamment à une infirmière qui était déjà connue chez nous. Elle le branlait régulièrement. Quand je nettoyais la chambre, elle me regardait d'un drôle d'air. Le gouvernement français n'aurait pas aimé qu'il parle de ce qu'il savait : les essais d'armes chimiques au cœur du Sahara. Plusieurs années après la fin de la guerre d'Algérie...

J'avais juste une prise d'oxygène à débrancher. Puis le coussin sur le visage pour que ça aille plus vite. Aussitôt après, je remettais la prise et le coussin. Ce n'était pas très dangereux et je fabriquais sans doute un mort heureux. Dans la chambre d'à côté il y avait Wilhelm. Une balle dans l'épaule. C'était un hôpital pour personnes de ce genre. Il n'y avait pas trop de papiers à remplir. Les gens payaient en espèces et ils partaient.

Wilhelm, je faisais sa chambre aussi. Une trentaine d'années. Les yeux verts. Une sorte de colosse un peu puéril. Quand il allait aux toilettes, au bout du couloir, je jetais un coup d'œil chez lui. Il y avait un Beretta dans le tiroir de la tablette. Mais ce n'était pas mon boulot.

Lorsque j'ai dit bonne nuit au vieux général, après avoir fait ce qu'il fallait, il était tout à fait mort. En sortant j'ai bousculé Wilhelm. Il était derrière la porte. J'ai repris ma serpillière, le balai posé contre le mur et je suis parti. Dans notre métier il n'y a pas beaucoup de coïncidences. Je savais bien que je le reverrais, Wilhelm.

Si j'évoque le vieux général, c'est parce qu'il était un témoin encombrant. Comme Idric. Un mort, par contre, c'est du mutisme à l'état pur. Une sorte de perfection.

*

Pour Idric le silence s'était imposé de lui-même. Mais il ne venait pas de moi. Le travail était déjà fait. Le Serbe, renversé dans une position grotesque, me regardait fixement lorsque j'ai poussé la porte. Une partie du corps semblait avoir été arrachée du monde des vivants par une force étrange. Des picds jusqu'au ventre il y avait encore quelque chose d'à peu près humain. C'était un morceau de corps posé sur le lit. Mais le reste ne ressemblait à rien. Plus de cou... seulement des yeux qui me regardaient et c'étaient vraiment ses yeux. Pour le reste, on pouvait imaginer un visage qui pendait dans le vide, à partir du lit. Mais ce n'était pas sûr. On ne savait pas vraiment à qui appartenaient ces vestiges. Moi, je savais que c'était lui. Je n'étais pas loin lorsqu'il avait acheté ses chaussures : un modèle italien. En cuir beige, élégant.

En tout cas la mission était accomplie. Monsieur Idric, tueur de son état, témoin d'une guerre perdue, n'aurait plus l'occasion de s'exprimer. La France serait contente. Plus de risque. Le passé du jeune homme s'écoulait vers le sol, quelque part dans Berlin, du côté des faubourgs et des lacs, là où la ville n'arrivait pas à finir. Il restait à répondre à deux questions : qui et pourquoi ? Je n'étais pas chargé de cela. Le soir même je rentrais à Paris. Avec, devant moi, cette histoire du boulevard Malesherbes.

*

Nouvelle réunion du numéro douze. Cette fois-ci l'immeuble donne sur le boulevard périphérique. Dans le vingtième arrondissement. N. la blonde n'est pas là. J'accueille son absence comme je l'ai fait de toutes les autres dans ma vie. Je n'en ressens rien. L'absence est ce qui reste, dans ce métier, de plus constant. C'est un vide qui s'ajoute à ceux que nous portons en nous, les plus anciens : collection hétéroclite de lacunes, d'oublis, de désirs avortés, de visages éteints.

Je n'écoute pas trop ce qui nous est raconté. Consignes de sécurité, questions de logement, d'argent, d'armes... Je m'endors insensiblement lorsqu'il m'est demandé de rester un instant, après la réunion. Mais cette fois-ci avec Peter. C'est exceptionnel d'avoir à deux ce genre d'entretien. Je regarde Peter avec surprise. Il esquisse une sorte de moue dubitative. Je m'attends à tout.

Les instructions sont longues, précises, exigeantes : une mission à haut risque.

Il s'agit encore de la Yougoslavie. Trop de traces fraîches. Trop de gens qui peuvent encore se souvenir, qui font du chantage. « La France ne fait pas la guerre aux Serbes », disait à la télévision le vieux président de la République, prisonnier d'une histoire très longue. Il avait beaucoup lu, beaucoup médité avant d'arriver au pouvoir. Tout un peuple de souvenirs s'agitait en lui : juin 40, les jeunes soldats allemands sur leurs motos, guerriers printaniers, et lui, au bord de la route, dans un fossé entouré de camarades défaits, les yeux baissés sur ces tissus marron enroulés autour des chevilles, au bas des jambes… Les mêmes bandages qu'en 1914. Dans ce partage obscur de la honte, les Serbes avaient leur place. Ils étaient nos alliés. Et puis il y avait eu l'Algérie, une autre défaite politique. La France alors impuissante devant de pauvres gens, à peine armés… Ils reprendraient à leur compte, un peu plus tard, la ferveur de l'Islam. Lorsque la plaie des Balkans s'ouvre de nouveau, il se souvient, le vieux Président, du siège de Vienne par les Turcs. Il connaît l'épaisseur de la haine au fond de la plaie, la longue mémoire des meurtres, l'enfermement des familles et des villages dans la rancune. Il ne fait donc pas la guerre, le Président. Et il laisse aller le marchandage pour aboutir à ce que les Serbes recherchent : un échange. Echange entre les zones de sécurité, échange sur les otages, échange sur l'usage de la force, échange avec l'O.N.U… On est dans les Balkans !

Les Serbes connaissent tout cela. Leurs chefs de guerre, Karadzic et Mladic, qui ont eu Idric comme intermédiaire dans les négociations, tout le monde sait où ils se cachent... Les Américains, le Tribunal de La Haye, des journalistes, les services allemands... et la France. Par hasard, on ne les retrouve jamais...

Ce sont les Français que ce chantage menace le plus. Ils ont le plus grand intérêt à ce qu'ils ne parlent pas... Si possible jamais.

*

Dans notre métier, l'alcool est le compagnon des heures fragiles. Après la réunion, nous sommes allés boire une série de Pilsen avec Peter. Je me souviens, il était maussade. Pour la première fois depuis que nous nous connaissions, nous allions agir ensemble. Ça n'avait pas l'air de lui plaire. Après plusieurs bières, il commença à parler. S'il l'avait pu, il aurait regardé les mots s'échapper de lui, surpris de les voir se disperser, sans raison, au hasard des rues. Je n'étais pas là pour écouter mais seulement pour être un écho, les faire rebondir et revenir vers nous, songeurs de bistrot, voleurs de temps.

Il voulait aller à Rome retrouver une jeune femme qu'il avait croisée dans une mission précédente. Elle était infiltrée dans les milieux islamistes italiens. Là-bas, ils préparaient le djihad. Ça le faisait rire, Peter, cette idée d'une guerre préparée par des fous s'appuyant, à l'ombre de Dieu, sur la folie du monde. Mais ce n'est pas de cette façon qu'il a débuté son récit. Il m'a d'abord parlé des fontaines italiennes, des monuments, des statues... Il décrivait les femmes et les hommes représentés au milieu des places, sur les façades des palais, avec une extrême sensualité. Je n'avais jamais regardé, comme il l'avait fait, avec la même attention, les pieds, les mains, le mouvement des bras de ces statues. Il me citait les lieux précis de son émotion. Particulièrement la piazza Navone. A ces endroits, ce n'était pas la foule ou le mouvement de la rue qui l'intéressait. Au contraire, ce désordre lui paraissait une agression de bruits, de paroles inutiles.

Par contre ce qu'il contemplait, c'était le mouvement des statues. Devant la pierre, il était comme interdit. Il aimait dans les fontaines ces hommes aux cuisses épaisses, aux torses puissants, dont les couilles étaient rebondies, les bras et les fesses offerts aux passants indifférents. L'eau qui les entourait, qu'ils portaient parfois en la crachant, venait de cette force de la pierre dans laquelle elle avait été enfermée.

Il parlait de la même manière des femmes. « Tu vois, disait-il, les intégristes, les fous de Dieu, qu'ils soient juifs, chrétiens ou musulmans, ils n'aiment ni la musique, ni les femmes, ni l'alcool… Ça fait beaucoup, non ? Par contre, en Italie, tu lèves les yeux et tu vois des visages de femmes comme tu n'en as jamais vu, des cuisses longues, douces, que tu as vraiment envie de caresser, des dos, des seins, des épaules… C'est beaucoup mieux que dans les magazines. En plus, il y a le vin, l'opéra, la langue, les collines, le ciel... Là-bas, tu baises avec tous tes sens. » Mais je n'étais pas d'accord. Pour moi qui aimais regarder les gens dans la rue, il y avait deux sortes de promeneurs : ceux qui observent les monuments, les statues, qui s'arrêtent pour lire les explications d'un livre pour comprendre… et puis ceux qui ne cherchent pas à savoir, qui regardent avec stupéfaction le visage et le corps des femmes vivantes, qui les trouvent plus belles que n'importe quelle statue et qui ressentent une profonde tristesse lorsqu'elles s'éloignent. Ceux-là déchiffrent une vie mouvante, incertaine. Une vie de passage et de fuite, dont la recherche est un épuisement. J'étais plutôt de cette espèce-là.

Ne m'écoutant pas, sautant comme souvent du « tu » au « vous », Peter ajoutait : « Vous voyez, la pierre grise de ces corps… » et il s'arrêtait de parler. Je ne pouvais m'empêcher de penser à son père, le tailleur de pierres de Dresde.

J'étais toujours surpris des expressions de Peter. Par exemple : « Il faut mourir inattendu. » Ou bien : « Pour être juste, il faut s'attarder. » Ou bien : « Il y a une sorte de soleil dans la mémoire des fleurs… » Il parlait peu mais lorsque la phrase venait, c'était comme s'il avait soif. Il ne quittait plus les mots, les retournait, s'en réjouissait avec de petits gloussements de gorge et puis, brusquement, s'arrêtait portant un air de stupeur sur le visage. Sous ce petit homme tout en lunettes, en rondeurs diverses, il y avait une violence primitive. Il m'avait dit un jour : « Je veux être inaccessible, sauf par la mer… »

C'est après son évocation des statues qu'il me parla de la jeune Italienne. C'était un agent des services israéliens. Elle avait fait des études d'histoire, s'appelait Laura, refusait de se marier, nageait merveilleusement, riait en renversant ses cheveux sur le visage, mangeait des pastèques en crachant les pépins. Elle se disait étudiante. Il y avait entre eux une relation peu banale. Il me dit qu'ils se retrouvaient à Rome et parfois à Trieste. Je ne croyais pas à quelque chose qui aurait pu s'apparenter à de l'amour. La différence d'âge, leur métier commun où il ne fallait surtout pas aimer, la certitude que la survie de l'un était liée au silence de l'autre, ne pouvaient permettre aucune forme d'attachement. Et pourtant Peter avait sans doute découvert quelque chose. Une fascination peut-être pour le travail de cette femme immergée dans un monde construit sur la haine. Et puis sans doute l'image un peu exotique qu'il avait d'elle.

La description de Laura, cette esquisse d'un portrait, avait été faite d'un seul coup, très vite, comme si Peter voulait mettre de son côté le maximum d'arguments, comme s'il avait peur que je ne comprenne pas pourquoi cette femme était importante pour lui. « Et puis, vous comprenez, elle va au concert. »

Ces réflexions déroutantes, une sorte de légèreté que je ne lui avais pas connue, me donnaient à penser que Peter voulait quitter le service. Il savait pourtant, aussi bien que moi, que ce n'était pas sans danger. Certains agents n'avaient jamais été retrouvés, d'autres étaient morts dans des circonstances qui ne pouvaient se rapporter, en aucune manière, à l'accomplissement d'une mission. Même si cette société-là était une société muette, elle avait avec la mort un rapport dont le code était simple : on savait toujours, lorsque la mort survenait, si elle se présentait comme la conclusion d'une mission, un manque de chance, ou bien la sanction d'une faute.

Laura était juive. Pour Peter, c'était une identité étrange. En mission à Prague, quelques mois auparavant, il avait découvert le cimetière juif. Il m'avait dit : « C'est comme un aquarium avec les longues tiges des arbres qui ressemblent à des algues. » Il m'en avait parlé car cette visite l'avait profondément troublé. Une nouvelle fois, son père Hans était revenu hanter sa mémoire.

Les dalles funéraires, expliquait-il, étaient dressées en désordre, comme sorties de terre, formant une foule de pierres en route vers une destination inconnue, une foule qui se bousculait, piétinait, aspirait à vivre.

Les pierres semblaient avoir poussé – et les arbres au milieu d'elles, longs et noirs, grêles – en une nuit, au milieu des immeubles, vibrantes, muettes, certaines inclinées, renversées, s'appuyant sur d'autres dans une lumière grise. Peter poursuivait son monologue. Il ne s'adressait plus à moi mais sans doute à la cohorte fantomatique de ses souvenirs et de ses peurs.

Il avait découvert le cimetière au cœur de Prague, au cœur de l'hiver, entre la place de la vieille ville et l'anse de la Vltava. Il avait appris, on lui avait dit, que les dignitaires nazis avaient choisi de garder, durant la dernière guerre, la trace de ce qu'ils avaient décidé par ailleurs de détruire. Ce choix, pour eux, consistait à préserver le souvenir de la race disparue, abhorrée, pour que le passant, l'écolier, l'Histoire elle-même, puissent rendre grâce à ceux qui en avaient débarrassé la terre.

Les Cohen, les Lœb, les Gans, les Levy, la multitude des noms broyés, tous les morts étaient là, enfouis sous leurs paroles pour que le meurtre puisse être enseigné dans la plus grande fierté aux générations ultérieures du Reich millénaire.

Mais ce n'étaient pas des Juifs qui tombaient

sous la hache du père. Des hommes politiques, des responsables syndicaux, des communistes, des militaires, des intellectuels… Presque toujours « pour trahison ». Pour les Juifs, eux, il y avait les wagons… C'était plus lent seulement.

Le cimetière juif de Prague, nous avions pris la décision de nous y rendre, tous les deux, Peter et moi. Nous avions dit « après ». Mais nous ne savions pas très bien après quoi.

En tchèque, me rappelait Peter, Prague se dit *Prr-aha*. C'est une ville, soulignait-il, qui n'aimait pas les Prussiens. Ni les Russes, ni les Suédois dont les Juifs s'étaient protégés, pendant le siège de la cité, par un grand mur.

Néanmoins Prague aimait l'Europe, cette Europe d'aujourd'hui, d'où les Soviétiques avaient été chassés. Peter ne parlait, lui, que « des Russes… », monstres aux casques ronds, aux mœurs barbares, aux noms indéchiffrables. Des Huns, des Mongols, des brutes : dans sa haine il mélangeait tout et alors, dans le même mouvement, parlait de l'Italie avec une douceur féminine.

Laura faisait comme un lien entre lui et les places, les églises, les cafés d'Italie.

J'essayais de suivre et n'y parvenais pas toujours. J'étais inquiet. Si Peter quittait le numéro douze, j'en étais certain, il serait supprimé. Il y avait des photos sur lui, avec de jeunes garçons. Certains étaient mineurs. Il le savait. On pouvait le faire chanter, mais il s'en moquait. Il m'avait parlé de tout cela, un soir, lorsque les chopes de Pilsen s'étaient succédé un peu plus longuement que d'habitude. Il avait laissé entendre qu'il n'y avait pas que ces photos. On le tenait…

SERVICES DU MOSSAD
Rapport de l'agent Laura Cohen (Cryptage)
Bureau des Universités –
Nom de code du dossier : Sénèque I

1/ Suis inquiète de la progression très rapide de l'antisémitisme dans les universités italiennes. Ce phénomène se développe notamment dans les milieux d'extrême gauche. L'un des leaders étudiants les plus dangereux est Giacomo Bertolini. Vous trouverez en annexe son C.V., ses deux adresses les plus fréquemment utilisées, la photo de sa compagne syrienne, et un extrait du journal de l'Université de Turin (section Sciences Humaines) où il apparaît que M. G. Bertolini a reçu à plusieurs reprises des dirigeants palestiniens (liste en annexe n°2) ;

2/ Prochaine visite à Rome du ministre iranien des Universités (voir fiche 48V-Iran). Je suis à la disposition du service pour évoquer oralement *les risques et les conséquences de cette présence à Rome ;*

3/ Ai rencontré à Trieste un certain Peter Hoffmeister, français d'origine allemande (voir fiche en annexe). Ce dernier serait affecté prochainement en Bosnie pour des opérations d'élimination.

Je serais reconnaissante au service de m'indiquer quelles sont ses instructions. L'hypothèse d'une action française en Bosnie semble crédible et proche. Elle devrait permettre de mettre un terme au chantage de Karadzic et Mladic vis-à-vis des autorités françaises. Notre correspondant à La Haye confirme la volonté du Tribunal pénal international d'en finir avec l'impunité de fait de messieurs Karadzic et Mladic. »

Pour cette mission commune, nous avons dû emprunter des routes séparées. Peter devait passer par Brindisi, la Grèce, la Croatie. Moi par l'Allemagne. A Sarajevo, à l'Hôtel des Partisans, derrière le mont Igman, on nous attendait. Dans des voitures, des consignes sur les itinéraires, les lieux de rendez-vous nous seraient données. Nos cibles n'étaient pas très éloignées de Sarajevo, quelques kilomètres à peine, que l'on nous demandait de parcourir à pied ou à vélo, lui d'un côté, moi de l'autre. Mais il y avait pour la protection de ces deux hommes, Karadzic et Mladic, une véritable armée de tueurs.

*

Peter n'est plus très jeune. C'est même ce qui m'a frappé lorsque je l'ai vu pour la première fois. Il m'était alors apparu avec un visage de vieille femme. Je comprends le numéro douze : un vieux, ça ne ressemble à rien et ça passe inaperçu. On lui pardonne beaucoup de choses. Et d'abord sa gueule. Peter, il doit avoir quelque chose comme soixante-cinq ans. Oui, ça doit être ça. Il m'avait dit : « Sept ans à la libération de Berlin. Tu parles d'une libération ! C'était le premier de mes enfers... » J'entendais avec lui un français incroyable : une langue minutieuse, poétique, exilée...

Mais il tirait sa vie comme une charrette inutile... Déjà un fuyard, un vagabond. Prêt à tout. Même à partir, à quitter le service, à disparaître dans la nature avec une fille. Ça ne me plaisait pas beaucoup cette histoire de Laura, à Trieste.

J'avais à l'égard des femmes une méfiance amoureuse dont les origines étaient anciennes, probablement liées à des souvenirs de gosse. C'était toujours dans ma chambre que maman faisait l'amour avec des étrangers, des gens de passage. Elle n'utilisait jamais sa propre chambre, un sanctuaire sans doute qu'elle avait partagé avec mon père. C'était une fille de la campagne. C'est ce qu'on m'a dit. Elle est « montée » à Paris. Elle n'avait pas le certificat d'études. Et puis ça a été la rue, le trottoir. Quand elle a épousé son premier mari, un type de Bastia, elle s'est enfoncée un peu plus. Il aimait les casinos, les boîtes de nuit, les caves de jeux clandestins. En quelques mois, il était devenu le chef d'une bande de voyous corses. Beaux gosses et frimeurs. Petites combines, trafics de voitures, racket, un peu de proxénétisme. Ils ont essayé de monter en grade. La pègre, la vraie, n'aimait pas beaucoup ça. Le mari fut retrouvé un matin, sous les arches du métro aérien. La police a dit qu'il s'agissait d'un suicide. En tout cas, on pouvait le croire.

On m'a raconté ça sur maman. Elle était très belle. Son deuxième mari, mon père, avait embrassé la carrière militaire. Quand il est parti en Indochine, j'avais deux ans. Je ne l'ai pas connu.

Son corps ne fut jamais retrouvé. Il était enfoui, probablement du côté de Diên Biên Phu. Maman est partie le chercher plusieurs années après, en 1964. Je ne sais pas pourquoi elle a mis tant d'années à découvrir qu'elle l'aimait. Il y a ainsi des amours qui fleurissent en dehors des saisons. « Il s'est échappé, elle est partie... » Ces mots-là ne prennent un sens que longtemps après. Il y a de l'accablement lorsque la défaite s'est refermée sur elle-même. Ma mère non plus n'est pas revenue. Elle a vécu avec un Chinois, dans la banlieue de Hanoi. C'est ce que m'a dit l'armée. Je suis resté avec cette étiquette : « fils de militaire ». Et moi je pense « fils de pute ». Ma mère, vieille Française, un peu chinoise, toute ridée, en sandales, je porte son image en moi, petit corps de femme qui n'arrive plus à aimer, voix éraillée dans une maison chargée d'odeurs et de pluie. Je l'aime encore mon ancienne maman.

Avant de partir « pour l'Indo », comme on disait, mon père m'a écrit une lettre, une sorte de testament. Mais il ne nous avait laissé que des dettes. Par contre, les mots d'amour, les fautes d'orthographe, les conseils, les grandes réflexions sur le déclin de la France, tout cela m'est resté collé au fond de la gorge. Il était un peu lourd à avaler, papa... Mais il m'appelait, m'a dit maman, son petit prince.

Il m'avait également laissé un livre de chansons militaires, très glorieuses, un canif suisse, une boussole, et une photo de son mariage...

J'ai tout déposé, juste après l'événement du boulevard Malesherbes, dans un monastère. Je sentais bien que les choses allaient devenir compliquées et j'avais besoin d'informations. J'ai fait un aller et retour pour rencontrer un ancien agent des services serbes que l'on m'avait demandé de questionner, le frère Stéphane, désormais moine orthodoxe. Il pouvait me donner des renseignements utiles pour ma mission. C'était un drôle de type, Stéphane. Sa robe noire ne lui donnait pas vraiment un air très digne. On ne pouvait s'empêcher de penser à un déguisement.

Il avait été le garde du corps de Mladic et était devenu moine sous le nom de frère Stéphane. Après le massacre de Srebrenica il s'était retiré là. Avec le silence et la honte. Avec le souvenir des yeux crevés, des fosses communes, des égorgements de 1995. Il vivait là avec son histoire de sang et de cris, son passé de tueur. Il ne dirait plus sans doute ce qu'il avait vu, ce qu'il avait fait. Il avait accepté de garder, dans sa cellule là-bas en Provence, la lettre de mon père, ses bricoles ridicules et touchantes, mes photos, des phrases avec lesquelles j'avais cohabité comme avec un cadavre qu'on ne pouvait plus soulever ni cacher. Je lui en étais reconnaissant.

Je souris parfois en pensant qu'un homme de Dieu, un homme de mort, le même homme, a, dans ses prières, tant de choses à oublier.

*

Puppy est gentille avec moi. Elle a le corps massif et elle souffle toujours un peu avant de s'asseoir. Elle met ses mains sur ses cuisses et puis me parle de l'hôpital. Je ne lui raconte pas ce que j'écris. J'ai obtenu le droit de faire ma chambre moi-même. Ils savent, ici, que je ne partirai pas.

Il y a, au fond du parc, près de la rivière, un petit bâtiment de briques rouges. Je me promène parfois dans cette direction. Au début du chemin qui mène à la maison se trouve une barrière en bois comme on en voit à la campagne. On pourrait aisément la franchir sans même l'ouvrir. Un écriteau porte en grosses lettres noires le mot « PRIVÉ ». Je passe devant et continue jusqu'à la rivière. Les autres malades n'ont pas le droit d'aller jusque-là. Un grillage protège les berges et une sorte de guérite avec un surveillant. Parfois, on me laisse passer. Je ne sais pas pourquoi. Je vais m'asseoir au bord de l'eau. Alors cela me plaît d'être fou. Je vois les choses autrement : jouer avec un brin d'herbe, chantonner, enlever ses chaussures, mettre son visage dans la rosée, faire des petits tas de cailloux, parfois rouler sur la pente comme un cylindre inanimé. Tout ceci me détend. Je suis comme les autres. Mais je ne crie pas, le soir. Je ne montre pas mes fesses. Je ne me fais pas mal aux mains, en tapant contre les arbres. Je ne crache pas non plus vers les nuages lorsque l'orage menace. Il me reste de la paix en moi.

*

J'ai quitté Sarajevo par la petite route qui contourne l'aéroport et s'engage vers le mont Igman.

L'hôtel est caché par de grands arbres. Des mélèzes, dont certains ont été décapités. Les combats ont été violents ici. Le chauffeur est un type du numéro douze. Il n'ouvre pas la bouche. Nous montons, au milieu de la forêt. Il y a un char, calciné, sur le bas-côté. La rouille a commencé à s'installer, à lui donner la couleur de la mousse. Un monstre qui retourne à la terre. La pluie tombe et fait de petites rigoles en travers du chemin. Nous avons pénétré à l'intérieur des bois. Un voile de brouillard monte du sol et rejoint le nuage qui traîne et s'effiloche sur le sommet.

C'est plutôt une auberge, là, devant nous, dans la clairière. Un peu le genre auberge de jeunesse. Il me semble voir les ombres de mes instituteurs, à l'école du XIe arrondissement, lorsqu'ils partaient « pour la Yougo ». L'entrée est encombrée de sacs à dos.

Une chambre a été réservée. Je m'appelle – ce jour-là – Forman. Un expert humanitaire dans l'adduction d'eau. Il y a un colloque à Sarajevo sur ce thème, avec les techniciens de l'O.N.U. Il s'agit d'une semaine seulement. J'attends Peter et je suis convaincu que nous aurons fini le travail avant.

*

Maintenant, je découvre ma vie. J'enlève peu à peu la pellicule de mensonges qui l'a recouverte. Et je retrouve surtout ce qui n'a pas marché : des moments cousus par hasard les uns aux autres. Certains déchirés, certains presque neufs... Mais ils ne cachent plus rien. Le vent passe à travers. La pluie, la chaleur aussi, les odeurs d'automne, la pauvreté s'y devine.

Un agent secret, comme on dit dans les films, ce n'est jamais secret. Sauf pour lui-même. Il passe son temps à se débarrasser de sa vie. Il est transparent ou opaque sans savoir pourquoi. Le mutisme lui convient parce qu'il comprend que c'est du temps gagné sur l'imprévu. Moi, j'écris, je conserve des documents, par une coquetterie de la mémoire. J'étais beau lorsque je suis entré au service. Je faisais du sport tous les jours, je n'avais pas besoin d'aller chercher les femmes : elles venaient, je les quittais, c'était tout. Je ne peux pas dire que je les ai aimées.

Aujourd'hui, j'ai besoin de retrouver l'histoire de N… Son père était diplomate. C'est ce qu'elle m'a dit lorsque nous avons commencé à parler. J'écris dans le désordre parce qu'au fond j'aime bien le désordre. Celui des mots, celui des corps, et surtout celui des souvenirs.

Le père de N., c'était un « con fini ». C'est ce qu'elle disait : précieux et emphatique. Quand il a commencé à lui caresser les seins, les fesses, elle avait seize ans. Elle est partie de la maison familiale pour rejoindre un garçon qu'elle aimait. Il était garagiste et portait sur lui l'odeur du cambouis, de l'essence, la saleté. C'était un parfum enivrant, disait-elle. La vie réelle.

Ces paroles de N., je les ai recueillies tardivement, lorsque les mots ont succédé aux événements, lorsque j'ai pu connaître un peu mieux la hiérarchie obscure au sein de laquelle elle s'était imposée.

Sur Peter, j'amasse des documents, je les transmets au frère Stéphane, je veux remplir sa cellule de mots, de photos, de confidences. Ce que je sais, personne ne le sait. Je conserve, j'enregistre, je trie. Il me faut archiver les moments qui s'obstinent à occuper ma mémoire avant qu'elle ne soit rongée par l'humidité du temps. Je n'ai pas d'enfant. Le dernier que j'ai pu connaître s'est échappé. Il s'ajoute à toutes les ombres de ma vie. C'était moi.

Mes chefs ne comprendront rien à cette histoire. Ils ne sont pas vraiment faits pour comprendre. Il y aura d'autres méduses, d'autres réunions cachées, il y aura des crimes et des rictus sur les visages des morts. Il y aura des Etats qui se défendront dans les égouts et les salons dorés, des hommes pour les servir, des femmes pour se faire aimer… Des Puppy qui seront toujours des agents doubles. Et puis de nouveau, tout disparaîtra.

*

Je suis né en 1952. Mon enfance est française. Une petite France, assez vilaine au fond. Rancunière. Mal aimée des vieux. Inconnue des autres, habillée comme l'as de pique. Elle a des vêtements qui rappellent la guerre, les vélos, les casquettes, les corps mal fichus. C'est une France grise. Visiblement, Puppy ne peut pas s'associer à des souvenirs de cette nature. Elle reste à la traîne lorsque je lui parle des autobus à plate-forme, des affiches dans les rues, du carrelage blanc des couloirs du métro : « Du Beau, du Bon, Dubonnet » dans les tunnels, les avenues sans lumière, les petites maisons en pierres meulières de la banlieue.

Elle s'installe en soufflant sur le seul tabouret de ma chambre. Je reste assis sur le lit. Ainsi vont des journées dont je n'attends que le soir comme issue. Cadeau dû à ma patience, à mon abnégation.

Elle aime les détails, Puppy, comme moi. Généralement, les gens oublient les détails. Ils aiment bien les grands mots, ceux qui sont lourdement installés, les grandes idées, tout ce qui traîne en longueur. Les personnages secondaires ne les intéressent pas. Pas plus que les ruelles,

les caniveaux, les bas-côtés où s'accumule pourtant tout ce qui attire mon œil averti. Je suis aigu sur les petites choses : les mégots, les papiers froissés, les peignes dont les dents sont cassées, les morceaux de verre, les vieux chiffons. Je ressens toujours une extrême émotion devant le spectacle des lieux abandonnés, des gens perdus. Il y a des bouts du monde qui sont à nos portes. Leur tristesse attire la pauvreté, les suicides mais les amours aussi, les gestes interdits, les rencontres.

Gravats, ruines, fougères et ronces, inscriptions, friches, orties et déchets, herbes hautes, escaliers perdus, jardinets, clôtures vermoulues... tout cela donne à mon inquiétude un refuge. Dans ces endroits, je suis à l'extérieur d'un monde qui s'oublie et se détruit sans cesse.

Quand je dis à Puppy que Peter n'est jamais arrivé à Sarajevo elle semble déjà le savoir. Ses yeux brillent, elle ouvre légèrement la bouche. C'est ce qui s'est passé après qui visiblement l'intéresse. Non pas l'absence de Peter, ce jour-là, mais ce qu'il est devenu ensuite. Vivant, blessé, enfui ? Je vois bien qu'elle est devant des questions qui sont aussi les miennes. Face à cette ombre qui nous enveloppe l'un et l'autre, il faudra bien qu'elle choisisse : alliée ou adversaire. Je lui dis que l'absence de Peter ne m'a pas bouleversé non plus.

L'absence de quelqu'un c'est dans l'ordre des choses. C'est plutôt sa présence qui étonne.

Alors, pour l'irriter, je dis : « Puppy, est-ce que tu peux imaginer le papier peint de ma chambre ? Un peu décollé, terni. Lorsqu'on attend quelqu'un, dans une chambre d'hôtel, c'est le papier peint qui te tient compagnie. On ne le regarde pas, au début, avec attention. Puis lentement il devient une clôture, il prend la teinte des heures, le gris du jour qui vient et qui s'efface. Il ne doit pas avoir, à l'origine, cette couleur terne qui probablement est un ancien bleu. Ce bleu, peut-être, que l'on nommait garance sur les uniformes français de la guerre de 14. Peu à peu, dans cet hôtel, il s'assombrit. Il absorbe l'odeur du tabac, s'use comme un vêtement aux endroits des passages les plus fréquents : là où sont accrochés les manteaux, également le long des tables de nuit, aux bordures des portes. A l'Hôtel des Partisans, le motif est un octogone indéfiniment répété, au milieu duquel dansent deux corps : celui d'un homme avec de grandes ailes et une sorte de touffe derrière les reins. Ce pourrait être un dieu Pan. Mais les pieds ne sont pas les sabots d'un faune, ce sont les pieds d'un danseur et les ailes démentent l'hypothèse de l'homme-bouc. La femme a des ailes plus petites, comme des feuilles de trèfles. Les deux danseurs sont nus, presque noirs. En forçant le regard on s'aperçoit que le sexe de l'homme est paisible, puissant mais reposé. Le tout est assez étrange et donne l'image d'un couple d'anges qui se seraient retrouvés après une longue absence. »

Elle se fige, Puppy. Elle comprend que je ne veux pas aller plus loin, que je ne suis pas là pour parler mais pour me taire, que dire des choses sans importance je peux faire aussi. Faute de connaître son statut, son rôle, je saurai me complaire, comme elle, dans la banalité.

« Non, Puppy, je ne sais pas où est Peter. Et si je le savais, je ne te le dirais pas. »

Elle me regarde stupéfaite. Elle a cherché quelque chose en moi, à travers mes mots, et elle ne trouve pas ce qu'elle veut. Il y a une immense déception sur son visage. Puis de la haine. Elle devient laide, elle souffle.

— Puppy, que veux-tu exactement ? Je ne

suis pas un enfant. Tu joues un rôle ici que je ne comprends pas. Mais un jour je comprendrai. Tu sais qui je suis, ce que j'ai fait, ce qui m'a amené dans cet hôpital. Je suis sûr de cela. Mais toi, tu es qui, tu es au service de qui ? Qui te donne des ordres ?

— Tu le vois bien. Je soigne les gens comme toi. Ceux qui veulent oublier ce qu'ils ont fait. Ceux qui sont malades. Et parmi eux, ceux qui n'oublieront jamais qu'ils ont tué.

— D'accord, c'est possible que ce soit ton travail. Mais pourquoi me parler de ce livre de Scheller ? Si tu as un message à me faire passer, dis-le franchement, si tant est que ce soit possible. Tu sais bien que je ne sortirai pas d'ici.

Avec une tristesse insondable dans les yeux, elle appuie lentement sur les mots :

« Moi aussi, je cherche Peter. Pour des raisons que tu comprendras un jour. Ce ne sont pas des raisons de tueur. Il a disparu. Aujourd'hui, j'ignore s'il est vivant. Et il m'importe de le savoir. Chaque année des milliers de Français disparaissent. Tu connais le chiffre exact ? Ecoute bien : cinquante mille ! Ce sont les chiffres officiels. Cinquante mille Français chaque année. Qui s'en soucie ? Evidemment les parents recherchent leurs enfants, les maris leurs femmes, les militaires leurs soldats et parfois, ils les retrouvent. Mais les autres, tous les autres ? Plusieurs milliers, chaque année ! Disparus, évanouis, volatilisés... C'est une histoire extraordinaire et personne ne la raconte.

Je ne parle pas des suicides... Un peu plus de dix mille par an... Tu imagines bien que ce ne sont pas tous des suicides... Ce n'est pas très difficile de "monter" en suicide la réalité d'un crime. Il y a des suicides en carton-pâte... »

En l'écoutant je pense que les solitudes sont toujours les mêmes. Elles apparaissent, se substituent à d'autres, s'effacent avec le corps qu'elles tiennent en otage. Mais il n'y a pas une solitude qui ne puisse se rapporter à une autre. On dirait du verre cassé, une seule histoire et à l'intérieur une multitude d'histoires différentes. Mais il s'agit toujours du même objet qui s'éparpille. Cet objet s'appelle le temps et personne ne peut le reconstituer. Temps brisé qui n'a plus aucune allure, aucune forme.

Je vois bien que le temps de Puppy s'est désagrégé. Elle le poursuit avec ses mains vides, son gros visage. Et je comprends peu à peu ce qu'elle veut dire : le temps sépare tout ce que les humains ont cherché à réunir. Sans doute avons-nous, elle, Peter et moi, la même vie décomposée. Nous ne réussirons pas à la reconstruire. Nous resterons éloignés les uns des autres. Elle continue à parler et je regarde sa bouche un peu molle, amère : « Sais-tu qu'il existe aujourd'hui des entreprises qui te permettent, en payant très cher, de faire de toi quelqu'un d'autre ? Nouveau nom, nouveau passeport, nouveau passé, nouveau visage. On reconstruit minutieusement chaque élément de ton identité. Tu fais un stage sur la personne que tu as choisi d'être, sur ton prénom, les domiciles successifs que tu as occupés, tes frères et sœurs. Après viennent les études. Et puis ton corps que l'on peut changer à peu près comme l'on veut… C'est formidable, ça ! On peut penser que depuis le début de l'humanité, les hommes ont espéré passer d'une personne à une autre, traverser les tentes, les murs, s'installer à la place d'un vivant disparu et puis tout recommencer… Tu entends bien : tout. L'enfance, le papa, la maman, l'école et puis les amours, les aventures… Jusqu'à la mort. Ça c'est une invention de notre siècle : refaire des humains différents, sortis de rien, du vide, tout à fait immaculés. Ils n'ont pas de passé sauf celui qu'ils ont imaginé. C'est pas mal, non ? »

Elle est, d'un seul coup, excitée, Puppy. Elle parle vite comme si elle s'adressait à elle-même.

*

J'ai été content de partir de Sarajevo. Dans une boîte de nuit j'ai reçu l'ordre de le faire.

J'avais beaucoup bu ce soir-là. Le whisky frelaté était une imitation assez vulgaire d'un Dewar's, « White Label », dont j'avais fait un grand usage sur une plate-forme pétrolière au large de l'Ecosse. C'était au tout début de mon service au numéro douze. Mais là, dans cette boîte, il n'y avait que l'étiquette qui ressemblait à mon souvenir. J'avais demandé une bouteille et m'étais installé dans un coin, morose. Ils avaient l'habitude ici : l'humanitaire, ce n'était pas drôle tous les soirs et les gens de l'O.N.U. s'emmerdaient particulièrement.

Il y avait beaucoup de jeunes. Les enfants de cette guerre-là étaient un peu plus paumés que les autres. Ils fumaient sans cesse, respiraient plus fort qu'ailleurs, s'embrassaient furieusement sans souci des regards, sans attache non plus avec le monde alentour. Ils étaient vivants, chargés d'alcool et de sang, et semblaient peser d'un poids de viscères, de muscles, d'épaules, de salive, un peu plus lourd qu'ailleurs.

Au fond de la salle, sur une estrade séparée, un peu en hauteur, une femme nue s'agitait. On ne pouvait pas dire que c'était de la danse, plutôt une démonstration d'anatomie pour étudiants en médecine ou reporters de guerre. Elle n'avait qu'un string et ses fesses étaient dorées, couvertes de petites paillettes.

Le serveur est venu : un grand à moustache, avec une tête en triangle, une tête de vipère qui se redresse quand vous la regardez de trop près à travers la vitre d'un zoo. Son cou était incroyablement long, avec une pomme d'Adam comme un gros caillou qu'il aurait avalé.

Il a posé sur la table le ticket de l'addition et laissé une seconde sa paume sur le petit rectangle blanc. J'ai vu que ses ongles étaient sales. Il avait des poils sombres sur le dos de la main ; ils étaient de la même couleur que sa moustache, une sorte de brun terreux comme on en reconnaît la contenance et l'odeur dans les forêts, aux sols d'aiguilles de pin et de feuilles mortes, un humus.

Et lorsqu'il a soulevé la main, il y avait simplement ceci, au stylo-feutre et en français : « Il faut continuer la mission. Tout seul et jusqu'au bout. »

Le type à tête de vipère, c'était un homme préhistorique. J'étais heureux de le voir s'éloigner de moi : oiseau de malheur, un de ces oiseaux-poissons que l'on voit apparaître dans les livres fantastiques. Ils traversent l'espace, plongent dans la mer et reviennent mordre, piquer, dépecer leurs proies affolées.

J'ai payé mais je ne suis pas retourné à l'auberge. On m'avait trop vu ces derniers jours, à attendre, à tourner, à dégager l'ennui d'un expert douteux, spécialiste en petits détails foireux, amateur de mauvais whisky, de paroles brèves, attentif à la couleur des murs.

*

Je me méfie quand même de Puppy. En parlant avec elle, le soir, j'ajoute des fantaisies, des détails imaginaires, des fausses pistes. J'essaie de l'égarer. Depuis qu'elle a commencé à me tutoyer, je le fais aussi. L'enveloppe tombée sous le tabouret, portant ce nom, Eltenberger, je l'ai conservée. L'aurait-elle abandonnée volontairement ? Que veut-elle me faire savoir ? J'ai vécu longtemps dans ce monde de signes qui ne sont des signes que pour ceux qui les attendent : un regard, un geste de la main, un numéro glissé sous la porte, ce sont souvent des instructions. Langage amoureux de la mort, indifférence, détachement, c'est cela que j'ai aimé jusqu'à en perdre aujourd'hui ma vérité. Mais je me suis toujours complu à rester fragile. Ma vie est demeurée en équilibre instable. Je l'ai tenue au-dessus du gouffre par une sorte d'insolence. Un défi tellement proche de l'alcool, de la démence, que je ne suis étonné de rien aujourd'hui.

J'ai toujours été en instance de bonheur comme on l'est d'un divorce.

*

Vers le début du printemps, quelques mois après mon « admission » à l'hôpital, Puppy commence à m'apporter du vin, parfois des biscuits, de l'alcool. Le whisky m'a été recommandé comme un médicament qui s'ajouterait aux autres. Mais je n'ai encore vu aucun médecin. Cela me convient parfaitement.

De Puppy, je regarde le visage qui s'est empâté, me semble-t-il, au cours des dernières semaines. Le bas de ses joues, un peu gras, tremblote lorsqu'elle parle trop vite. Ses yeux se plissent. Des yeux de lavande fanée.

Après son départ, les nuits s'ouvrent, je bascule un peu, je me perds. Il est interdit de sortir passé vingt heures. J'entends les pas des surveillants. Ils avancent par deux, tournent, inspectent, chuchotent. Toujours des hommes. Les portes se ferment. La nuit se replie. Je ne dors pas. C'est alors que les mots m'accompagnent ou me grignotent, me font peur, m'échappent... Des mots-fourmis, leurs petites graines sur le dos, affairés, inquiets. Ils traversent les murs, je les vois décharnés, obstinés, ils ne disent jamais la même chose, le plus souvent ils ne disent rien. Parfois une scène se fixe devant moi : précise, intacte.

L'autre soir il s'agissait de Mourad. J'étais au huitième étage d'une tour, en Seine-Saint-Denis. Mouvement islamiste, barbus, robes blanches, trafics médiocres. Pour eux, j'étais un petit fonctionnaire de la D.D.A.S.S. Joueur, corrompu et malgré tout musulman. Il me fallait de l'argent. Je faisais de fausses attestations de R.M.I. En échange, on me parlait un peu, on me payait. Au numéro douze, on avait toujours les formulaires qu'il fallait… Je devais aussi enregistrer l'imam lorsqu'il prêchait. Un fou furieux. J'avais laissé pousser ma barbe. Je me déchaussais devant le garage qui servait de mosquée. Les prêches du vendredi étaient enflammés, violents. Les Français étaient des croisés, des infidèles. Je ne voyais pas très bien comment on pouvait être les deux à la fois, mais je m'amusais bien. Les Arabes me regardaient avec curiosité. Je restais au fond du hangar, à la lisière du monde, de la ville. Je ne risquais pas grand-chose. Seulement du mépris, mais ce n'était pas grave…

Ce jour-là, je regarde vers le bas, je m'ennuie. Le parking, vu de ma fenêtre, ressemble à un petit lac de tôles. Il brille et scintille sous la pluie. Je vois Mourad, avec son copain, toujours le même, un jeune dealer inoffensif. Ils pompent le réservoir d'une camionnette. Je la connais, la camionnette. Elle sert à la fille qui habite juste en dessous de chez moi. Une Africaine qui fait ses nuits dans le bois de Boulogne.

Mourad aspire l'essence et d'un seul coup il s'enflamme. Peut-être un mégot mal éteint... je ne sais pas moi. Je me parle comme si j'étais face à un juge. « Non, monsieur, je n'ai pas le temps de descendre. Ce serait déjà fini... D'ailleurs personne ne descend. Oui, monsieur, il brûlait par le haut, le petit Arabe. Et de là où je suis, je ne vois rien d'autre que sa tête qui éclaire le parking, d'une voiture à l'autre, en zigzag. Il me semble qu'il a les mains sur ses cheveux, sa bouche... Qu'il n'arrive pas à éteindre sa tête, qui maintenant est sur le goudron, avec au bout du corps des jambes qui s'agitent, et plus loin une camionnette blanche qui commence à brûler, un type qui s'enfuit... »

Et puis le calme revient dans ma chambre. Quelque chose d'indéfinissable qui s'aplatit sur moi, me colle contre la table où j'écris. Comme celle de Mourad, ma vie est derrière moi. Elle s'agite encore mais de moins en moins. J'écris parce que je me débats avec une vérité douteuse, opaque, un peu gluante sans doute. Mais une vérité quand même, soutirée du sous-sol, aspirée comme l'essence de Mourad, comme la vie elle-même, comme la nuit d'un puits sans fond.

Car je suis devenu moi-même un homme à double visage, je peux me conformer à n'importe quel personnage, étudiant, poète, pilier de bistrot, marcheur, carreleur, peintre en bâtiment, de n'importe quelle religion, de n'importe où... Et un homme dont la vie a été détruite. Il porte en lui cette destruction comme la vase noire d'un port. Il ne faut pas trop la remuer.

Ce que je fais, ce n'est pas un boulot comme les autres. Et le type qui meurt, il me ressemble toujours.

*

Peut-être a-t-il été content, Peter, de ne plus respirer, de tirer sa révérence au monde chaotique qu'il avait connu ? Peut-être a-t-il aperçu, une dernière fois, dans sa mémoire, le visage du jeune hitlérien qui l'avait caressé ?... Je n'arrive pas à croire que son corps, gonflé, rebondi, jouisseur, utilisé à tant de fins, ait pu se laisser surprendre, s'interrompre ainsi, sans un mot.

Je sais bien ce qui va se passer. J'ai envie de partir à sa recherche. J'irai écouter ses dernières femmes, déchiffrer sa dernière aventure avec le langage et le corps des autres.

Mais aussi vivant. On ne sait jamais avec lui. Il disait : « Je suis comme les chats. Ils ne savent pas écrire mais ils se souviennent de tout. » Il devient chat, l'Allemand. On n'est pas sûr de la réalité avec lui. Vivant, planqué, indocile et indolent. Traqué, sans doute. Mais surtout par lui-même. Incapable de se parler. Parce qu'il ne trouve pas les bonnes expressions. Parce que l'allemand c'est une langue qui attend toujours son verbe. Et que de ce fait, c'est une langue indécise. Alors il préfère un français de livre ancien.

Je marche dans le parc. Je retourne près de la rivière. Je fais le fou puisque je vais mourir ici, comme un fou, ainsi qu'on me l'a demandé. Je suis un fou de droit commun. Il y en a, sans doute, beaucoup.

C'est, en tout cas, ce à quoi je me suis engagé. Mais au moment où j'écris cela, je sais ce qu'il faut faire pour être un fou DEHORS, un vrai. Sournois, attentif à donner le change, parfaitement à l'aise avec le mensonge.

Quand on se quitte soi-même on ne s'évade pas. On cesse d'habiter une histoire fabriquée par d'autres. Une histoire dont le scénario aurait été mal écrit.

Je passe et repasse devant le petit chemin qui mène à la maison de briques rouges. Puppy est peut-être là, cachée. Je renifle. Je devine, qu'elle n'est pas seule et que madame Eltenberger – si jamais c'est son vrai nom – s'occupe de choses beaucoup plus graves que de ces médicaments colorés que je ne prends plus devant elle et qu'à vrai dire je ne prends plus du tout.

J'observe comment font les autres. Au fond, ils sont peut-être comme moi : des simulateurs. A part les assassins d'enfants, à part ceux qui bavent ou qui se blessent vraiment, à part ceux qui hurlent si longtemps la nuit, il doit y avoir des gens heureux, des protégés du monde, des cloîtrés par vocation. Nourris et logés, à l'abri de leur passé.

C'est cette Laura que je ne comprends pas. Il n'y a jamais d'histoire d'amour dans nos rangs. Ce serait stupide et surtout dangereux. Pourquoi, en dépit des règles élémentaires de nos services s'est-elle laissé approcher par Peter ? Un étranger ! Qu'attend-elle de lui ? Des informations, un coup de main ? Des mots seulement comme il sait les prononcer ?

Je ne sais pas répondre à ces questions. Je devine seulement que s'il devait y avoir des réponses, elles seraient associées au malheur.

Peter a encore une fois joué avec le feu. Il a toujours mis sa vie à la frontière, à la limite du danger. C'est peut-être cela qu'il aime avec les garçons. Mais avec Laura ?

*

Un jour, je vais entrer dans la petite maison de briques rouges. Je le sais.

Je ne respecterai pas le contrat passé avec Puppy. Contrat d'amnésie, que je déchire chaque jour, indifférent à son regard. Un regard de neige, le soir, au moment où s'allument les lumières des rues. Au-delà du gris bleuté de la nuit, il n'y a plus rien.

Cette femme et ses petits yeux, je vais m'éloigner d'elle, de ses confidences, et de ses confusions.

Je voudrais suivre un chemin au bout duquel seraient une plage et des enfants – quelques-uns seulement – avec une gouvernante, des cris en anglais, une jeune maman, des situations qui doivent arriver à d'autres, à des gens riches, dont la beauté est comme une version naturelle de la vie. C'est le rêve que je fais fréquemment. Un rêve de voyeur caché derrière un buisson.

*

Je me souviens. J'ai quitté Sarajevo la nuit. J'ai brûlé mon passeport. Je ne suis plus monsieur Forman. A vrai dire je ne suis plus personne. C'est une mission. Je l'accomplis à la manière dont j'ai accompli toutes les autres.

J'ai dormi dans une grange. Un chien est venu. Il m'a regardé, les oreilles dressées. Dès qu'il a commencé à grogner, je l'ai égorgé. Un sang épais coulait dans la paille. Et je suis reparti avant le jour. Frontière poreuse. République serbe de Bosnie. De loin j'ai vu le panneau. Des soldats s'étiraient, froissés par la nuit. Des rires, des interpellations, des bourrades. Ces gens-là, ils boivent trop. Je n'ai pas eu de difficultés pour passer. J'aime les fossés. Je peux rester des heures à regarder une feuille dans le contrebas d'une route, la goutte de rosée qui scintille pour quelques moments encore, comme au creux d'une main. J'aime l'humidité des branches, la couleur très pâle de l'aurore, le vent qui vient avec le jour. Je sais faire, aussi, le paysan, le pauvre, celui qui revient au pays… J'ai toujours été n'importe qui.

Dans ma mémoire, appris avec application, il y a quelques noms de lieux, des carrefours à ne pas prendre, des églises. Ces informations m'ont été données à Paris avant de partir. Mais il n'y a rien d'écrit. Pour retrouver Mladic, j'ai rendez-vous dans un champ. Une kermesse. Si l'on me parle, je fais le geste qui explique la surdité. Un doigt sur l'oreille, un geste d'impuissance. Avec les bombardements de Sarajevo, je ne dois pas être le seul. C'est mon unique protection. Peter, lui, il parlait correctement le serbo-croate. Moi je n'en connais pas un mot. Je suis un sourd qui marche sur une route trempée par le printemps, un revolver dans la poche. Je sais qu'être sourd ou fou, c'est un peu la même chose. On ne comprend pas ce qui arrive à la vie. La résignation s'installe, elle progresse, elle monte, avec le sang, vers les yeux, les mains, elle a un goût d'amertume.

La petite foule, dans le pré, est traversée de courants, elle évolue par morceaux, s'étale, se dilate, forme des nappes de paroles et de rires. La couleur qui domine est une sorte de marron délavé – ce qu'on appelle généralement caca d'oie – une couleur molle, grasse, liquide. Portée par les nombreux militaires présents, elle se retrouve sur leurs visages fatigués par l'alcool. Quelques femmes montrent en riant leurs robes, composées de lourds tissus brodés. Elles ont aussi des gilets éclatants, des fichus rouges ou verts, de hautes chaussettes de laine. On a envie de les voir danser. Il y a de grandes tables, de la bière, des cris d'enfants, deux violonistes et beaucoup de fumée. Celle des cigarettes se mêle aux feux dégagés par la cuisson de plusieurs cochons embrochés que font tourner de jeunes soldats. Odeur de pluie et de viande.

Je l'aperçois assez rapidement : N. est là et je la regarde. Recensement rapide : son bonnet de laine rouge, une jupe de la même couleur, des petites chaussures plates déjà salies par la terre, une attitude de jeune fille, un rire, tout ce qui la rend vivante.

Elle discute avec Wilhelm, l'agent allemand qui a revêtu une lourde parka de l'armée serbe et paraît se trouver au milieu des siens.

Je ne suis pas très étonné par la présence de Wilhelm. Il était à Srebrenica. Qu'il soit aujourd'hui en attente de Mladic est dans l'ordre des choses. Comme dans les livres où l'on voit toujours, par hasard, les mêmes personnages se croiser, s'écarter, se reconnaître, disparaître ensemble, il me semble que ces deux hommes appartiennent à une même confrérie. Ils sortent du néant, le distribuent autour d'eux, et tournent en souriant autour de la mort.

Je ne vais pas tout de suite vers N… Je sais qu'elle m'a vu. Que Wilhelm aussi m'a vu. Je sais que je suis peut-être enfermé dans un piège. Mais je suis habitué à ce qui n'est pas prévu. Alors je fais le tour de la foule, je m'approche des uns et des autres sans m'attarder afin qu'ils n'aient pas l'envie de me parler. J'essaie de me mettre à l'intérieur de cette joie populaire. Je fais mon métier : être comme la foule lorsqu'il y a foule, comme la nuit ou comme la mer lorsqu'il y a la nuit ou la mer…

L'homme que j'attends, protégé par de jeunes gens à lunettes noires, est sorti d'une limousine encadrée par deux jeeps de l'armée. La voiture se gare en surplomb du champ. Elle me rappelle ces longs véhicules noirs qui jadis sillonnaient les avenues de Moscou aux petites heures de l'aube : contre les vitres, des rideaux d'appartement protégeaient, à l'arrière, l'identité silencieuse et hostile d'un homme de pouvoir.

Mladic a enfoncé sur ses cheveux couleur de paille, avec un geste brusque, une haute casquette de général serbe. Son uniforme est neuf. Du bord du talus, il salue, les talons serrés, le corps droit, comme on le fait d'un drapeau, la foule qui l'acclame. Il porte à la ceinture un énorme revolver.

Ni surprise ni haine. Ma cible est là, saluée par les applaudissements. Son corps est dans mes yeux avec son équipage de meurtre. Je pense d'abord à un chasseur. Une sorte de Goering, au milieu des forêts prussiennes, un géant de la mort. Mais il n'est pas grand, Mladic. Il a plutôt l'allure de ces gros, dans les classes d'adolescents, qui poussent avec leurs ventres les malingres, les chétifs. C'est son corps qui me fascine. Un corps que j'aurais aimé retrouver dans le viseur d'un fusil à lunette. Avec l'entraînement que j'avais reçu, à deux cents mètres, il n'aurait pu m'échapper. Je l'aurais vu s'affaisser lentement au milieu du désordre et de la peur. Je connais mon sourire dans ces cas-là. Or le numéro douze ne m'avait laissé qu'une arme de poing. Excellente, sans doute, mais qui ne pouvait être utilisée en cette circonstance sans me condamner à mort. La question m'effleura : n'était-ce pas le but recherché par le service ? Si ma complicité dans la désertion et la fuite de Peter pouvait m'être reprochée, alors mourir ici, de cette façon-là, c'était sans doute, pour le numéro douze, une solution.

Je m'éloigne un peu, me dispose à considérer Mladic sous un autre angle. Je tente d'éviter le regard des hommes en noir qui l'entourent, le protègent. Ils scrutent la foule, dévisagent les uns et les autres, et puis observent les mains. C'est toujours des mains que vient le danger. Pas des yeux.

N. me regarde. Elle me fait signe de partir. Mouvement latéral de l'œil qui va de gauche à droite, et s'accompagne d'un rictus que je commence à bien connaître. Un « tire-toi » qui est au fond toujours le même. Je ne sais pas s'il protège ou menace, ce regard-là, mais je comprends bien qu'il faut partir. Wilhelm s'est approché. Il me parle comme s'il s'adressait aux arbres, au soleil qui est maintenant revenu. Première phrase : « Il ne faut pas tuer le cochon tout de suite. » Puis dans un murmure à peine articulé : « Ce soir, chambre 25, Hôtel de la Paix, à

Pale. ». Je n'ai pas besoin d'en savoir plus. Mains dans les poches, je m'éloigne. Il fait bon maintenant. Je suis encore en vie. Ça ne sert pas à grand-chose mais enfin... L'air est vif, quelques nuages dérivent dans ma tête et dans le ciel. Je suis un jouet en accord profond avec les jouets qui l'entourent : un village là-bas, sur la colline, entouré de hautes meules de foin, un enfant qui me coupe la route en riant, un tracteur posé sur un chemin, des filles légères et colorées, les images d'une paix d'après guerre, une paix toute neuve, avec son odeur de jeunesse, et de fête.

*

Je ne sais toujours pas qui est Puppy, ce qu'elle attend de moi... Elle continue à évoquer ce Scheller dont j'ai jeté le livre sous mon lit. Elle me décrit le travail, les recherches patientes de l'écrivain. Elle me dit que ce livre, on le lui a envoyé mais qu'il ne se trouve plus en librairie. Il est assez rare, ajoute-t-elle. C'est une enquête sur les enfants pendant la guerre. Leurs vies et leurs morts, leurs mots, le hasard qui les tue ou qui les sauve... Tous les faits rapportés par Scheller ont été analysés, vérifiés, considérés comme établis. Et tous les événements décrits sont extraordinaires.

Mais je me moque de tout cela. Elle n'insiste pas. Je lui parle du temps qu'il fait, de ma mère, du jeune parachutiste qui se trouve être mon père et qui – quelque part en Asie –, sans doute dans un trou, sur la colline qu'on appelait Béatrice ou Dominique, a reçu dans sa chair le métal qui lui était destiné. Il était d'une famille qui avait l'habitude de mourir pour la France, un peu sur tous les continents. Il n'a pas dû être très étonné lorsque la balle, l'éclat d'obus, ou simplement la terre qui l'a enfoui vivant, a mis fin à ses jours de garçon. C'était dans l'ordre du monde, dans ces règles obscures qui distribuent le hasard, fabriquent des veuves et font quelques lignes dans les journaux de province. Je n'ai jamais cherché à aller au-delà de ce que l'on m'a raconté sur cette mort.

Mais pour la première fois, j'ai dit « papa » pour parler de lui à une étrangère. Je l'ai fait comme on crie « salut », ou « bonjour » de loin à un passant dont on ne reconnaît pas le visage. Un mot de tous les jours qu'il était cependant difficile d'expliquer à cette grosse femme blanche dont le regard avait une lourdeur avide et cruelle.

*

La nuit je redeviens une proie. Petits cauchemars brefs et douloureux. Mémoire qui s'installe et creuse le temps. Souvenirs éparpillés de silhouettes, de meurtres. Et puis cette répulsion qu'aucun mot n'exprime pour ceux qui ont joué avec ma vie. Retour incessant de Wilhelm, de ses yeux verts, de son mépris. Chambre 25. Pale. Le bar de l'Hôtel de la Paix. Couleur incertaine des lampes, des visages, odeurs de cuisine, de tabac froid.

C'est Wilhelm qui descend l'escalier. On ne se serre jamais la main dans ces cas-là. On se regarde avec une jauge dans la tête, qui mesure l'autre à la dimension que l'on veut bien lui donner. Armé ou non, petit ou grand, ami ou ennemi, le compte est vite fait : un homme est là, il va parler, et ses paroles, vraies ou fausses, vont déterminer les jours qui suivent. L'accent de Wilhelm était proche de celui de Puppy. Un accent à cheval sur deux langues. Autoritaire aussi. Une parole qui veut faire croire qu'elle est du bon côté. Un Allemand c'est souvent le mélange de deux personnages : celui qui aime les animaux, la musique, les arbres, et celui qui tue les enfants. Je n'attendais rien de ce colosse, de son assurance stupide. Ses yeux venaient du fond de la mer.

Ce n'était pas à cet endroit, à ce moment-là, que j'allais mourir. Cela me suffisait. La bière faisait le reste : un calme que l'alcool est seul en mesure de donner. J'en étais à mom cinquième verre et le monde suivait son cours.

*

C'est la neige maintenant. Cela fait un an que je tourne autour de ma raison. Je m'efforce de la tenir tranquille. J'ai vu passer les saisons, s'écouler les jours, arriver plus de fous qu'il n'en partait, j'ai deviné quelques morts, et rien n'a changé. Ni le tracé minutieux de mes promenades, ni mes conversations avec Puppy, ni l'expédition régulière de mes médicaments dans les toilettes. Rien. Le livre de Scheller est toujours sous mon lit.

La banalité des heures me rassure. A l'extérieur aussi les gens sont fous. C'est évident. Je n'ai pas besoin de cachets, d'examens ni d'entretiens pour le savoir. Je suis sans doute, dans cette étrange prison, le détenu le plus discret, le plus confiant. Prudent et solitaire. Taciturne. J'ai refusé que l'on installe, dans ma chambre, la télévision. Je n'ai rien à attendre du monde extérieur. Peu à peu on me laisse aller et venir. C'est ainsi que j'ai découvert la petite maison de briques rouges, isolée au fond du parc, derrière un bois de peupliers.

Parfois il y a une fête. Récemment c'était Noël. Pour les fous c'est un dérangement de plus dans des têtes dérangées. Il y a de l'excitation obligatoire. Ils se mettent à crier pour n'importe quoi, dansent sur les tables... Il faut sans cesse que les surveillants interviennent.

On a accroché une guirlande au-dessus du réfectoire, avec des lampes rouges et jaunes. Un type a lancé son assiette sur la guirlande. Ce fut une tempête aussitôt. Il a fallu coucher tout le monde.

Dans quelques jours, ce sera mon anniversaire. Puppy me l'a annoncé alors que j'avais oublié. Je m'en moque. C'est tout ce que je peux dire.

Je suis en mesure, désormais, de vivre à l'écart

des saisons, des rites, des liturgies. J'ai acquis la légèreté qui permet de parcourir le temps sans me mettre à compter les jours.

Je flotte, je suis fluide, je passe comme une pluie à travers les cérémonies, les fêtes. Je m'écoule. Mais ce n'est pas grave. Juste un moment d'étonnement. Je m'échappe parce que tout m'échappe.

Je me replie.

Je suis toujours contrôlé mais maintenant je ne parle à Puppy que de ma vie quotidienne, de mes rêves, des vêtements qu'il faut changer. Des petites choses… Elle continue à me proposer des livres qui ne m'intéressent pas. Je suis plongé dans *L'Île au trésor*, dans *Moby Dick*, dans la Bible. Je n'ai aucune envie de suivre des conseils. Aucune envie non plus de lire ce Scheller dont Puppy me parle avec une insistance qui me fatigue.

*

Il y a parfois des morceaux de ma vie passée qui l'emportent sur mon ennui. Ils surgissent devant moi, petites falaises blanchies…

Je les crains comme si je devais m'y heurter.

Je revois ma femme. C'est au moment où il n'y a presque plus de paroles, juste le minimum. Les mots entre nous s'effacent, ne signifient plus rien. J'entends encore Peter parler de la puanteur des familles… Il se disait veuf perpétuel. Veuf de toutes les femmes qu'il n'avait pu aimer. « C'est comme à l'Académie. Hi… hi… On dit "secrétaire perpétuel" et c'est un peu indécent alors qu'ils crèvent devant toi en direct, engoncés, tremblotants comme des cadavres argentés, verts, déjà suivis par les mouches… »

Moi, je ne suis pas veuf. Mais c'est pire : je dérive le plus loin possible d'une femme, « la mienne » comme on dit, à laquelle plus rien ne m'attache. Possessif idiot – Elle appartient à qui ? Au temps sans doute qui va la défigurer, Comme il va le faire pour moi ?

A cette époque – voilà déjà une vingtaine d'années –, je suis souvent volontaire pour des remplacements à l'intérieur du service. Je me retrouve à plusieurs reprises dans un centre d'écoute, près d'Orléans. Travail de routine : contrôle des instruments, lecture de certains enregistrements, transmission de ce qui est urgent… Ce n'est ni difficile ni passionnant.

Mais je préfère cela à la tristesse de la maison. Les voix lointaines de la station d'écoute parlent d'une vie qui murmure dans les sous-sols, les palais, les casernes, au bord des guerres ou dans les grands hôtels du monde. Elles ont quelque chose qui les rend vivantes : trafic d'armes, attentats, trahisons, diplomatie véreuse, complots… c'est un bruit constant, feutré, qui se déclenche, s'interrompt, reprend, se précipite ou s'éloigne. Il couvre la terre d'une rumeur brouillée qu'il faut traquer, traduire, transcrire… La rumeur s'épuise, finit sur des papiers de différentes couleurs : les jaunes pour le ministre, les bleus pour les militaires, les blancs pour le service, les spécialistes du décryptage et de l'identification. Je classe les différentes notes, établis une hiérarchie, une chronologie. Rien de bien spectaculaire : l'atmosphère avec les autres membres du service est plutôt bon enfant. On se fait des sandwichs, on prépare du café, on commente le journal… Je suis au début de ma carrière, enfin de ce que l'on peut appeler une carrière. Une succession, en fait, de petits événements de bureau. Plus tard, beaucoup plus tard, je serai recruté par le numéro douze.

Jeune marié, oui. C'est drôle comme expression. Je n'ai pas le sentiment d'être jeune, ni marié. Mais enfin, cette femme, là-bas, donne mon nom lorsqu'on lui demande le sien. Il y a la Sécurité sociale, les impôts, la poste, la redevance télé, les voisins, tout ce qui fait que la vie réelle vous prend pour quelqu'un d'établi, un homme repérable : des numéros, des délais, des formulaires, une précision dont il est difficile de s'échapper. Je suis un dossier. Ça s'ouvre, ça se remplit, ça se referme comme un casier à langouste. C'est irréfutable : j'existe.

Ma femme, donc. Un territoire de corps sur lequel je devrais régner, pensent les voisins. C'est un week-end de Pâques. Je l'ai quittée pour deux jours. Il fait beau. Presque chaud déjà.

Tout autour de l'immeuble : des barbelés, des projecteurs, des paraboles tournées vers le ciel, des soldats. Et puis, au-delà, la plaine de Beauce avec le mouvement des champs : le blé qui vient, les petites fleurs jaunes et rouges des talus, et puis des routes qui s'éloignent, s'assombrissent sous le passage d'un nuage.

Le type que je remplace est chargé du Proche-Orient. Le système dont il est responsable se déclenche automatiquement lorsque l'ordinateur enregistre certains mots, certains numéros.

Pendant toute la journée du samedi : presque rien. Une livraison d'armes à Chypre, un projet d'assassinat à Beyrouth, je m'ennuie.

Le dimanche matin, je vais traîner dans le bureau du chef de centre. La clef est au poste dc garde. Le sous-officier de service discute à l'extérieur avec un soldat. Jour ordinaire d'une vie ordinaire. Je pique la clef.

Dans le bureau, plus spacieux que le mien, des ordres de service, des horaires, des numéros d'urgence. Je lis quelques journaux. Ils datent un peu mais ce sont toujours les mêmes histoires.

J'aime bien les nouvelles lorsqu'elles ne sont plus des nouvelles. Elles ont un petit air fatigué, avarié qui fait douter de leur importance. Les événements finissent toujours par mourir. Ils deviennent inertes, déposés là sur le papier, sur la table, comme si construits avec des mots, ils avaient quelque chose de rare, alors qu'ils ne signifient plus rien. D'un seul coup le temps a déposé sur eux un voile d'étrangeté. C'est kitch. La politique par exemple est toujours la même. Il y a des gens qui veulent des fauteuils, des écharpes, des cocardes. Ils ne trouvent pas de dignité en eux-mêmes. Alors, ils souhaitent être aimés. Ils courent, traversent la France, le monde, ils se retrouvent entre eux, montent sur des estrades dans une sorte de convulsion qui tient aux applaudissements ou aux sifflets. Le public obéit à la musique. Ils s'exclament sous un chapiteau, parfois dans une cave, une salle de sports. Les photos sont là pour montrer qu'ils sont heureux avec le voisin de table, avec les mains qui se tendent, les embrassades. Les femmes sont rares et l'érotisme incongru. On devine bien quelques coucheries ici ou là, des parades nuptiales, mais c'est un dérapage. Certains parlent de travers. Il faut tout recommencer avec des mots différents. D'autres craignent que leurs soupirs, leur désir de puissance ne soient pas perceptibles. Ils s'excusent de leur excès de modestie, ils expliquent la grande faculté qui est la leur à disparaître, à faire du bateau ou de la cuisine.

J'aime ces journaux. Surtout lorsqu'ils sont lus quelques jours ou quelques semaines plus tard, loin derrière l'événement qui a cessé d'en être un. D'un seul coup le blanc du papier devient jaune, comme l'était le jour d'hier ou d'avant-hier. Tout se flétrit, se prépare à brûler. C'est généralement ce qui arrive.

Les photos de sport – par exemple le football – me donnent une image aérienne du monde, d'un autre monde. Le joueur qui vient de marquer un but et saute vers le ciel, poursuivi par ses amis qui veulent le caresser, le goal qui plonge, l'ailier droit qui vient de shooter, sont des humains volant, traversant l'espace, les bras dans des positions que l'on ne voit jamais dans la vie.

Les vieux journaux conservent précieusement ce qui n'est pas précieux : les petites fêtes, les crimes et les trahisons.

Ils nous rappellent qu'au fond de toutes les vies, il y a de l'oubli. Un oubli caché, un fait divers, un fagot de bois mort dans une remise.

Après avoir épluché ces témoignages des jours disparus, je regarde l'univers du chef, un vieux colonel : les photos, les diplômes, les cendriers, les souvenirs, tout ce qu'un homme trimbale, tout ce qu'il traîne derrière sa vie avec sa laisse de propriétaire heureux, tout ce qu'il fait pour ne pas se retrouver seul. Une grande affiche sur Tahiti, les images d'un paradis exotique (on y voit une jeune femme sortant de la mer, les vagues autour d'elle, le cri d'étonnement qui traverse l'espace, ses cheveux mouillés, des épaules qui scintillent en petites gouttes lumineuses), un masque nègre accroché de travers au-dessus de la télévision, une Légion d'honneur dans une vitrine, un fouillis de magazines...

Ma curiosité n'est pas satisfaite. J'ouvre un tiroir. Dans un classeur, une liste de noms avec des numéros de téléphone. Je la parcours. Il y a le mien : Bordin Jean, avec mon adresse. J'ai toujours lu mon nom avec une sorte d'incrédulité... Là, je me surprends à sourire. Au fond, c'est la règle du jeu : écouter ceux qui écoutent, faire taire ceux qui savent, contrôler ceux qui contrôlent, etc... Il suffit de passer à travers les règles, tricher avant les autres, mentir sur ce que l'on connaît vraiment.

Je fais jouer mon numéro. L'enregistrement est de la veille, juste après mon départ d'un lieu que les gens, les juristes, les notaires appellent bêtement un foyer conjugal. Le texte s'inscrit automatiquement sur une bande blanche qui se déroule avec un léger bruit, un cliquetis de lettres apparaissant dans une rapidité déconcertante sur le papier.

« Tu me manques. J'aime ton corps, ton sexe... » Et puis : « Je suis seule. Il est parti. Je serai là ce soir. Je t'avais dit qu'il partirait. Viens vite... »

Mots posés comme des glaçons sur mes yeux. Je suis un homme perdu dans le vent et la grêle au bout d'une rue d'hiver : petits tourments de neige, solitude, et puis plus rien. Ma femme ? Oui, ma femme. Mots qui parlent d'un corps, d'un sourire, de quelques fêtes, d'une larme. D'un passé surtout.

La vie ça ne change pas. Ce sont les gens qui changent. Ces mots d'amour – exactement les mêmes que ceux qu'elle prononçait jadis pour moi – viennent maintenant sur la plaine de Beauce, ce jour de Pâques, et je me souviens brutalement de mon enfance. Les caresses étaient rares, mais il y avait à travers les portes les paroles d'amour de ma mère, des mots que d'autres emportaient avec eux, dès qu'ils s'étaient vidés de leur désir.

*

C'était aux environs de Pâques, le jour de mes dix ans et c'était mon anniversaire. Mon père était parti depuis longtemps pour mourir.

Un homme, parmi tant d'autres, un gros, un magistrat me semble-t-il, est arrivé à la maison. Je me souviens qu'il venait souvent voir ma mère et qu'il avait une robe noire avec de la fourrure qui pendouillait d'un sac porté en bandoulière. Cette fois-là, il avait apporté toutes sortes de chocolats : des poules, des œufs, des lapins, des cloches. C'était pour moi. Comme d'habitude, ma mère est entrée dans ma chambre avec cet homme. J'ai disposé les animaux tout autour de la table du salon, j'ai mis les cloches au milieu et je suis parti.

J'ai marché longuement dans les rues. Je ne savais pas exactement ce que voulait dire « faire l'amour ». On en parlait à l'école avec des ricanements. Mais le mot « faire », qui avait pour moi toutes sortes de sens, ce verbe que l'on m'avait appris (faire marcher, faire taire, faire un devoir, ou faire peur...) ce n'était pas un mot que je pouvais associer à l'amour. Je ne voyais pas comment l'on pouvait fabriquer de l'amour, comme dans une usine. Il y avait derrière la porte des caresses sur le corps de ma mère et il me semblait que les mains de ce gros homme étaient venues jusque-là pour m'empêcher de vivre.

Je pense que l'idée du meurtre s'est introduite

en moi à ce moment précis, le moment des animaux en chocolat, de mon errance dans les rues, des femmes que je regardais alors et qui avaient toutes le visage de ma mère, sa bouche détruite et son regard vide.

Le soir, en rentrant, il n'y avait plus personne. C'est la concierge qui m'a gardé. Tous les chocolats étaient restés dans l'appartement, sur la table. Il n'y avait plus de mots d'amour derrière la porte de ma chambre et c'était bien. J'ai commencé à haïr les femmes ce jour-là, c'est-à-dire à ne les aimer qu'à distance, par petits moments d'égarement, par soubresauts…

Peter disait : « Il faut lapider la mer. » Il avait raison, avec ses vagues elle couche avec tout le monde.

SERVICES DU MOSSAD
Note cryptée de l'agent Cohen
Section Sud-Europe – Italie
Dossier Sénèque II

Je viens d'obtenir des informations sur le dénommé Peter Hoffmeister, agent français probablement chargé d'une mission en République serbe de Pale. Voir ma note du… Suis en contact avec cette personne depuis un mois environ. A l'heure actuelle, il n'y a ni risque pour nos intérêts, ni crainte pour ma sécurité personnelle.

Les informations ci-dessous méritent d'être recoupées et vérifiées par nos différents services. Elles sont en partie contradictoires.

1/ Hoffmeister se déclare né en 1938 à Dresde. Cette date est peut-être exacte mais le lieu de naissance se trouve mis en cause par les informations évoquées ci-dessous. Informations que je demande aux services de faire vérifier auprès des différents instituts avec lesquels nous travaillons. Il serait utile par exemple de consulter les recherches récentes effectuées à Yad Vashem sur les listes des convois de déportation de l'année 1941 en direction de Kovno, en Lituanie. Peut-être existe-t-il également des documents pour cette recherche dans les archives de la Hidden Child Foundation à New York. Notre service avait suivi à Prague, en 1999, la « Conférence mondiale des enfants cachés ». Il y aurait sans doute des informations possibles auprès de ses organisateurs et notamment d'Abraham Foxman, l'ancien président de l'Anti-Defamation League qui avait multiplié les initiatives sur ce sujet. J'ignore si ce dernier est encore en vie ;

2/ A partir de 1960, P.H. a travaillé pour la Stasi et probablement aussi pour les services français. Nos équipes auraient eu des contacts avec lui par l'intermédiaire d'agents américains. Il obtient la nationalité française en 1972 et intègre les services de renseignements français sans être chargé, dans un premier temps, de missions à l'extérieur. En 1990, lorsque sont créées par le gouvernement français les premières unités d'infiltration (voir votre note d'information F.S.R. 202). P.H. apparaît dans plusieurs affaires concernant le conflit de l'ancienne Yougoslavie. Ses interventions ont toujours été accompagnées d'éliminations physiques.

Ceci confirmerait la thèse selon laquelle les Français ont décidé de recourir à des méthodes d'élimination, effectuées par des agents spécialisés, et naturellement démenties ou ignorées.

Les personnels affectés à ces tâches ont une hiérarchie totalement indépendante de la D.G.S.E., des structures militaires, policières et a fortiori diplomatiques. Agissant sous identité d'emprunt, avec un minimum de moyens, ils opèrent généralement seuls et exceptionnellement par groupes de deux. En 1994, nos services ont eu connaissance, en Italie, d'une action de ce type menée contre un islamiste de Milan, dont le corps n'a jamais été retrouvé (voir note de mon prédécesseur I.F.27).*

Il apparaît que la présence de P.H. en Italie n'est pas liée à ce pays mais qu'il se prépare à une action en République serbe de Pale. Je m'efforce de savoir quels peuvent être les objectifs poursuivis par les services français. Objectifs qui visiblement ne sont pas ceux du Tribunal pénal international de La Haye ;

3/ Hoffmeister aurait eu, dans l'exécution de son service, des contacts avec une Alsacienne, Karine Eltenberger, qui travaille actuellement

* DGSE : Direction générale des services extérieurs.

comme infirmière dans un hôpital psychiatrique du centre de la France. Je n'ai pas d'élément me permettant d'affirmer le caractère réel de cet emploi. Madame Eltenberger a été en rapport avec nos services, en 1972, au moment des attentats de Munich (Septembre noir). Elle faisait partie, à cette époque, des agents allemands chargés de la protection de nos athlètes ;

4/ L'origine juive de P.H. est probable. Il aurait été remis par sa mère, en cours de déportation, en 1941, dans une gare de Silésie, à la femme de Hans Hoffmeister, prénommée Eva. Le convoi dans lequel se serait trouvé Peter Hoffmeister, alors âgé de trois ans, aurait pu provenir de Prague ou de Brno et emmenait vers Kovno des Juifs tchèques. A Kovno, les déportés furent tous exécutés dans ce qu'on appelait le « neuvième fort » ;

5/ Je précise par ailleurs qu'Hans Hoffmeister, le père, affecté en 1941 dans les services pénitentiaires du Reich comme adjoint du bourreau officiel de Berlin figure parmi les responsables nazis fusillés au moment de la prise de la ville par l'Armée rouge. Son fils adoptif, Peter, aurait survécu, et après une éducation dans un collège militaire d'Allemagne de l'Est, aurait été recruté par la Stasi ;

6/ Cet abandon, dans les environs de Breslau, visant à sauver l'enfant d'une mort certaine a été décrit, voici une dizaine d'années, dans un livre intitulé Les Enfants de la mort. *Ce livre a été édité chez Bertelsmann en 1988. Il est désormais retiré du commerce et semble introuvable. Il a pour auteur un romancier allemand du nom d'Isaac Scheller. P.H. n'a visiblement aucune connaissance de cet ouvrage. Je demande au service des instructions sur ce point. Il me semble possible, en effet, à court ou moyen terme, de faire d'Hoffmeister l'un de nos consultants.*

Des photos suivront par la voie habituelle.

*

On m'a inscrit ici sous le nom de Lombard. C'est étrange le nombre de noms qui m'ont été donnés. Mon vrai nom c'était Bordin. Jean Bordin. Peter m'appelait parfois « J. and B. ». Il disait que je ressemblais à une bouteille de whisky recouverte de poussière et qu'il valait mieux la laisser où elle était, sur une étagère, ne pas la toucher et surtout ne pas la boire. Je n'ai plus que le souvenir de ce nom. Aussi banal que les autres. Bordin, une plaque de métal que l'on ramasse, après la guerre, dans un ravin d'Indochine. Le nom d'une pute aussi, dans les fichiers de la police. Ça ne fait rien. Je m'en fous. C'était il y a longtemps.

Donc Lombard. Je suis Lombard parlant à Puppy. Deux faussaires face à face. Cela fait maintenant six mois que je suis ici et ma mémoire se dilue.

Ecrire me permet de ne pas sombrer totalement. En général je n'aime pas les traces. Elles mènent toujours à une cible. Mais je sais maintenant comment faire sortir d'ici, sans risque, ce témoignage.

Je me tiens tranquille. Avec Puppy, nos conversations sont sans intérêt. Elle est infirmière en chef. Enfin, c'est ce qu'elle dit. Autour d'elle, il n'y a que des hommes. Je suis un non-fou qui, par glissements, sautes d'humeur, mimétisme, va devenir un vrai. Face à la non-infirmière, je prends des précautions. Une fois par mois environ, je confie quelques feuillets à un surveillant. Il les expédie à ma demande au frère Stéphane, en Provence. Il y aura quelque part des nouvelles de moi. En échange, je donne du whisky que j'ai le droit de recevoir. Il paraît que ça fait partie du traitement ! Je le verse dans des bouteilles d'eau minérale et c'est ma monnaie d'échange. Dans ce récipient en plastique, on dirait de l'urine.

Je me suis toujours accommodé des règles que l'on m'a imposées. Être docile c'est une façon de survivre. Glisser, disparaître, flotter, se fondre dans un paysage ou une foule, ressembler à tout le monde, faire comme si, dissimuler constamment, mentir, ne jamais heurter de front, ce sont des attitudes simples. Il faut toujours consentir. C'est un mot comme les autres. Mais plutôt utile.

*

Nous, les méduses, on n'existe pas vraiment. Que l'on vive, que l'on meure, que l'on disparaisse, cela ne laisse aucune trace. C'est la règle du jeu. Nous ne savons pas les noms de ceux qui nous donnent des ordres, ni a fortiori l'identité de ceux qui les emploient. Payés en liquide, nous sommes des fugitifs, insensibles, visqueux, sans visages. Nous gérons la vie des profondeurs. Assez semblables en cela aux agents de nettoiement qui font disparaître dans la nuit ce qui doit être éliminé. Nous sommes au début de la vie comme l'ont été les premières molécules. Ou bien tout à la fin, lorsque la vie elle-même se rétracte dans les yeux d'un homme qui va mourir, lorsqu'elle se limite aux déchets, aux aspirations détruites. Pas d'identité non plus. La vie quotidienne, en dehors des missions, est d'une grande douceur.

On se sert sur la bête. Comme les enveloppes sont toujours un peu lourdes, on prend un pourcentage pour les vieux jours, on met de côté comme on l'entend. Il n'y a pas d'impôts. Nous ne sommes pas plus voleurs que d'autres.

Drôle de métier quand même. Métier d'un monde inversé, passé sous silence, inconnu des journaux et des juges, des parlements et des ambassades, métier de mort au service de causes indéchiffrables, présentées comme des raisons d'Etat.

*

Peter a déserté. On dit ça dans les guerres, dans les armées, mais c'est juste une absence.

Il y a un moment où l'on ne sait plus si ce que l'on fait est réel ou bien simplement utile. On décroche. Il y a peut-être une autre façon de vivre. D'un seul coup, on se découvre affublé d'absurdités. Se lever, marcher, obéir, sourire ou pleurer n'ont plus aucun sens. Alors on tourne le dos. On s'en va.

L'herbe, le ciel, la venue de la nuit, la couleur d'un regard, rien n'a changé. Mais vous savez que tout sera différent désormais. Vous avez choisi la fuite. Vous êtes inaccessible et il y a un petit rire au fond de vous-même. Un rire que personne ne peut entendre.

Je crois que c'est ce qui s'est passé pour Peter. Une vie planquée quelque part. Là où il y a des rochers, du vent et seulement des pêcheurs.

S'il n'y avait pas eu ce risque sur sa tête, une sorte de mise à prix, j'aurais été heureux de le savoir face à lui-même, le « sexe-agénaire », comme il se qualifiait. Ventru, pépère, ambigu, toujours de guingois sur son passé.

Peter aimait les garçons. Alors je voyais Laura androgyne. Une sorte de femme aux fesses dures, aux petits seins, au regard un peu méchant, avec des épaules et des muscles.

L'Allemand avait compris que dans notre métier, personne n'est ce qu'il prétend être. Personne n'est ce qu'il est. La vie de Peter c'était celle d'une méduse ordinaire, mais avec un passé aussi long qu'une plainte. Dans ma chambre, je voudrais le faire revivre, faire entendre sa voix fluette qui était sans correspondance aucune avec son corps, raconter sa façon de s'animer seulement au moment de parler, de se plier à des courants insolites et de partir au loin.

Il commençait souvent ainsi, après une longue réflexion : « Qu'est-ce que je voulais dire ? » Et devant cette phrase en forme de crevasse, il plissait les yeux et s'engouffrait dans une broussaille de mots étranges. Il avait dit un jour : « Il faut comprendre que la terre commence à s'absenter. »

Je me souviens. Son regard se ferme, ses lunettes le protègent, c'est à lui qu'il s'adresse : « Tu vois, dit-il, à cinquante ans c'est la déprime. A soixante l'angoisse. A soixante-cinq, la panique. Alors maintenant je surnage. Une vie liquide. Et moi, je ne sais pas nager. Je flotte simplement. J'aime les femmes mais seulement de loin. Elles n'existent pas vraiment. Ce sont des silhouettes. Les garçons, c'est autre chose. C'est la seule façon de m'aimer moi-même, de croire que je vais résister à l'usure, à l'indifférence des autres humains. Nous sommes des hommes faits pour qu'on n'en parle plus. »

Toutes ces paroles, entendues par moi, tous ces mots lancés aux boulevards, aux gares, aux façades, toutes ces phrases éparpillées me reviennent. Sans cesse, nous marchons, les rues s'ouvrent, nous marchons comme deux vivants qui n'ont plus pour disparaître que les vêtements de tout le monde. Et cette espèce de débâcle qui les emporte.

*

Un jour, c'était en hiver, nous sommes montés tous les deux jusqu'à Montmartre. Il y avait un bistrot près de la rue Lamarck, que Peter aimait bien. « Un bon bistrot, disait-il, c'est un asile de fous qui est ouvert de tous les côtés. » La nuit était tombée depuis longtemps. Après le dîner, nous avons marché sans rien dire. Et puis nous nous sommes assis sur un banc. Il y avait, en dessous de nous, le spectacle de la ville, des milliers de lumières, une rumeur confuse qui montait, l'enchevêtrement des vies familiales, du béton, de la ferraille, des solitudes. Paris vivait comme chaque soir le début de sa nuit d'amour.

« J'aimerais bien être préfet de police pour quelques heures seulement, dit Peter. Il y aura pendant ce temps-là quelques assassinats, des accidents, une multitude de fugues, du racolage, de la drogue, des centaines de trains qui vont arriver et partir, toutes sortes de divorces, des suicides… Tu imagines tous ces corps en train de se pénétrer ? Le sperme répandu ? Les désirs cachés ? Tu imagines la répétition des caresses, des mots chuchotés et perdus, toujours les mêmes ? Tout cela grouille à nos pieds comme une vie animale. Le sommeil va saisir un par un ces quelques millions de personnes. Par immeubles entiers, ils vont s'allonger, toute la ville va se tourner et se retourner dans ses rêves… Il y aura des vieux qui ne se réveilleront jamais, des enfants qu'il faudra calmer, des hôpitaux où l'on attendra le matin… »

Il s'est arrêté lorsque la pluie s'est mise à tomber. Une pluie froide. Il a mis son chapeau et nous sommes partis.

*

Je savais bien que je finirais par y aller dans la petite maison de briques rouges. Là, j'en étais certain, derrière le bois de peupliers, il devait y avoir quelque chose – peut-être quelqu'un – qui en savait plus que moi sur ma propre vie. Les preuves sans doute existent mais je ne les aime pas. Il y en a toujours trop. Et peut-être dans cette maison allais-je trouver des documents sur moi, sur ma réclusion, sur le vrai dossier de ce Lombard ou Bordin qui m'étaient l'un et l'autre aussi étrangers qu'un caillou de la rivière. Probablement des histoires falsifiées, construites comme des mannequins, des épouvantails qui s'agitent sur des morceaux de bois. Après tout, pourquoi y aurait-il sur moi autre chose que des dates, des numéros, des événements, des faits ? Pourquoi y aurait-il du papier auquel un morceau secret de ma vie aurait été confié ? Et lequel ? J'étais seul à posséder le souvenir, la clef, de ce grenier où j'avais entassé tant de banalités, d'amours et de rêves, tous les déchets d'une vie ancienne.

Plutôt roses, d'ailleurs, les briques de la maison. Une couleur que dans ma vie, je n'avais pas vraiment rencontrée. Seulement une fois, lorsque ma femme s'est subitement mise à faire la cocotte, à coucher avec n'importe qui, à s'habiller comme une danseuse.

Donc, la petite maison. Je marche dans le parc. Le matin est lumineux. Il s'est ouvert devant moi. Je m'y sens bien, je flâne. Deux jours auparavant, Puppy m'a dit qu'elle partait pour une semaine. Elle m'a même dit « en Italie ». Ça ne pouvait pas être ailleurs ! Peter devait être caché, là-bas, quelque part derrière un village, dans une chapelle romaine, au fond d'une grange, dans la cave d'un vignoble perdu, nulle part. Caché dans sa mort ou dans une vie d'attente, attiré de toute façon par un monde nouveau, bien différent de tous ceux qu'il avait pu connaître auparavant.

La porte est bloquée, naturellement. Mais le nombre de portes fermées qu'il m'est arrivé d'ouvrir est, dans ma vie, assez considérable. C'est quand même un exercice élémentaire.

Je sais très bien où il faut fouiller. C'est dans la cuisine, parfois dans les toilettes que reposent les mots d'amour, l'argent, les armes, tout ce qui peut démentir la vie paisible des humains.

Dans la cuisine, effectivement, il y a des lettres, des documents, de l'argent. Dans le four, très exactement. Un four d'aujourd'hui derrière un pétrin de bois.

Lors d'une préparation organisée par nos services, j'avais été formé à ce type de cache. L'extérieur est celui de n'importe quel four. Mais la combinaison de certains boutons qui règlent la température, la lumière, le mode de cuisson, détermine l'ouverture d'un double fond. La difficulté, comme pour un coffre, est de découvrir la bonne articulation des trois principaux réglages.

Il n'y avait pas de difficulté majeure. J'ai trouvé assez rapidement.

Il s'agit bien de Mme Karine E. Il y a des enveloppes à son nom, des liasses de billets de banque, un cahier à spirale, un pistolet tchèque assez ancien, et puis des photos. Tout cela en vrac, sans ordre apparent, certaines enveloppes contenant également des adresses, des coupures de presse, des numéros de téléphone. Je prends le cahier. C'est une sorte de journal mais il n'y a aucune date et il n'est pas sûr qu'un ordre chronologique ait été respecté. Je n'ai pas pu garder ce document mais je me souviens de certaines phrases me concernant :

« Il est arrivé fatigué, le regard vide, et je l'ai accueilli comme un ami de Peter » ;

« Le numéro douze m'a toujours dit qu'il était

là volontairement car "sa sécurité était menacée"; »

« C'est un garçon triste et solitaire. Il parle peu. »

Et puis il y a des observations sur les surveillants, sur d'autres détenus, sur les déplacements qu'elle doit effectuer. Un jour elle est convoquée à Paris. Il ne s'agit pas de moi. On voulait lui proposer un autre boulot. Elle a refusé, écrit-elle, parce qu'elle *« en a marre de [se] faire prendre pour une idiote »*...

J'ai l'impression de tomber sur une maison mal fermée, mal peinte, avec des meubles en toc... Il y a de l'amateurisme dans son journal, une façon de parler d'elle, de son travail comme le ferait une secrétaire novice. C'est évident : elle s'est égarée, Puppy, au milieu d'un labyrinthe dont toutes les cloisons sont les miroirs de ses échecs.

J'ouvre un petit classeur. Elle est née à Bretscheim dans le Haut-Rhin en 1948. Elle a été effectivement infirmière militaire. Il y a son arrêté de nomination, un passeport allemand avec sa photo sous un autre nom, une vraie carte d'identité française. Sa vie, en tout cas la partie émergée de sa vie, est là, devant moi. C'est une existence de papier dont on pourrait penser qu'elle est déjà terminée. La personne dont il s'agit semble avoir disparu, éloignée des honneurs comme ces soldats dont le corps n'a jamais été retrouvé.

Au moment où j'ai ouvert un répertoire téléphonique, Puppy est entrée dans la cuisine.

Je me suis levé. Je n'étais pas gêné, seulement ennuyé : je n'avais pas pu lire les autres documents et cela me manquait. Le visage de Puppy était coupé en deux, le haut, les yeux, le front : plutôt sévère, le bas, la bouche : à proximité d'un sourire, une forme de contentement.

J'ai dit : « Voilà. C'est tout. » J'avais les bras ballants, le carnet dans la main. Après un long silence, elle a baissé la tête et en regardant vers le sol :

— Tu veux un café ?

J'ai répondu :

— Oui, pourquoi pas ?

Nous nous sommes assis de chaque côté de la table.

— Maintenant je crois qu'on ne va plus jouer.

Sa voix, en disant cela, était lasse, résignée. Alors, moi : O.K. On arrête. Puis j'ai ajouté :

— On arrête quoi, au juste ?

Elle a parlé lentement, en regardant dans le vide. Oui, nous étions dans un hôpital d'un genre particulier. Les autres malades – du moins la majorité d'entre eux – étaient de vrais fous que l'Etat avait le devoir de soigner. Les plus anciens venaient de la guerre d'Algérie, les autres d'opérations plus récentes. Tous avaient perdu ce qu'on appelle la raison et parfois la parole.

Nous étions peu nombreux dans mon cas, un Ukrainien de la Légion étrangère, des Espagnols, trois Français. Parmi ces derniers j'étais le seul à venir du numéro douze. Il y avait aussi un quartier pour les femmes, plus loin… Mon statut à moi, elle l'avait adouci. Je savais plus de choses que les autres. Et puis elle m'aimait bien. Elle connaissait ma relation avec Peter, l'échec de notre mission en Bosnie. Elle savait bien que ma détention était due à cet échec. Ma première cible, le général serbe, courait toujours et Peter avait disparu. Je risquais gros si j'étais laissé en liberté. Il y a toujours une grande simplicité dans le fonctionnement d'une société si discrète qui fonctionne avec ses règles à elle. Avec ses morts. Cela faisait des siècles que « ces choses-là » existaient, me dit-elle. Pourquoi voudrait-on que, brusquement, par on ne sait quel mouvement de naïveté, elles cessent d'exister ? Il y a des gens qui gênent. Et puis ils disparaissent. C'est tout. Les gestes, les culs-de-basse-fosse, les hôpitaux sont faits pour ça...

Mais tout cela était pour moi sans importance. Je réfléchissais à ce qu'allait être notre vie désormais. Je dis « notre » parce que mon destin me semblait maintenant lié à cette femme, à la relation qu'elle entretenait avec Peter.

Pour la première fois, je lui ai serré la main avant de repartir vers ma chambre.

*

A Pale, au rez-de-chaussée de l'Hôtel de la Paix, la rencontre avec Wilhelm s'était mal passée. Il m'avait suggéré de repartir à Sarajevo et ensuite de regagner la France. Plutôt un conseil, disait-il, mais enfin... Les Allemands avaient sur nos cibles des informations. Une opération américaine était en préparation pour les capturer et les transférer à La Haye. Je n'avais aucune chance de réussir. Et puis il m'a tutoyé : « Ton ami Peter, lui, il a compris. Il n'est plus là. » Il avait dit cela comme une évidence.

— Ta mission c'est de supprimer, O.K. Mais lorsque tu en auras tué un – il s'arrêta – et lequel d'abord ? – il en restera un autre et tu seras mort. Chez nous, on ne fait pas les choses de cette manière, tu comprends ? On ne peut pas prendre de risques. Les Allemands, ils ne pourront plus jamais tuer qui que ce soit. Alors on joue le jeu du Tribunal, de l'opinion publique, du droit… C'est ça, être un peuple normal, non ? Maintenant, tu fais ce que tu veux… Mais ils ont été prévenus, je ne sais pas par qui. Ils t'observent. Ils savent exactement par où tu es passé. Tu auras du mal à rester ici.

Je lui dis :

— Et la blonde, c'est qui ?

Alors il éclate de rire :

— Ça, tu dois le savoir…

J'étais furieux. Je suis parti dans la nuit, vers la ligne de séparation avec la Bosnie. Le ciel était devenu clair. Il y avait une multitude d'étoiles au-dessus des bois. On en voyait à travers les bourgeons, les premières feuilles, jusque vers l'horizon, en contrebas.

C'était une nuit d'Europe avec ces hommes qui, côte à côte, s'aimaient, se méprisaient, se tuaient. Il en avait toujours été ainsi. Les jours se levaient sur la même terre. Et les nuits avaient toujours eu cette lumière pâle au moment du printemps.

*

Le lendemain de notre rencontre, de la découverte des lettres et du café pris ensemble, dans sa cuisine, Puppy est venue me voir.

Elle avait quelques feuilles à la main. Elle n'est pas restée. Elle m'a dit simplement : « Il faut que tu lises ce texte aujourd'hui. Je te l'ai dit déjà, plusieurs fois et tu ne l'as pas fait. Enfin, je ne crois pas… Maintenant, je pense que c'est utile pour toi. »

C'était un document photocopié sur lequel elle avait écrit simplement en tête : « Extrait du livre d'Isaac Scheller – Chapitre XII – "L'enfant de Silésie". » C'était une écriture appliquée, régulière. Celle que j'avais découverte dans son cahier personnel.

J'ai attendu une bonne heure après son départ pour commencer cette lecture.

« Ma dernière histoire, comme toutes les autres, est vraie, mais elle présente tous les aspects d'un miracle humain. Une vie d'enfant, nous le savons tous, tient à peu de choses. J'ai déjà raconté comment des paysans français avaient pu, pendant quatre ans, sauver des petits Juifs de la mort. Ils étaient catholiques, avaient déjà une famille nombreuse, savaient qu'ils pouvaient eux-mêmes être déportés, mais ils l'ont fait parce qu'il s'agissait d'enfants et que, confusément, ils ont pensé que l'on ne déracine pas une promesse.

Dans le récit qui suit, dont les traces ont été conservées à New York, après la guerre, c'est une autre situation que je veux faire revivre. Voici les faits.

Une femme allemande mariée à un responsable nazi se trouve devant une tragédie dont elle accepte de modifier le cours. Elle le fait – je le crois – sans réflexion préalable, on pourrait dire d'une façon abrupte, instinctive. Ce jour-là, pendant l'hiver 1941, cette femme n'a sans doute pas fait usage de sa conscience. Je n'en sais rien. Mais elle a probablement réagi en quelques secondes avec son corps de femme comme peut-être, dans l'ordre animal, l'aurait fait une autre femelle. Femme et enfant face à face, voilà l'histoire incroyable que les chercheurs et les historiens américains ont réussi à sortir de l'ombre.

La femme est allemande, l'enfant est juif. Au moment où j'écris ces lignes – quarante ans plus tard – la femme est certainement morte. Du moins on peut le penser puisqu'elle a été déportée vers l'est par les Russes, lors de la libération de Berlin en 1945. Le petit Juif a disparu. Peut-être vit-il encore mais je n'ai pu, malgré toutes mes recherches, retrouver sa trace.

Nous sommes pendant l'hiver de 1941. J'ai retrouvé, dans les archives américaines, les dates de cinq convois de Juifs venant d'Allemagne, de Prague et de Brno. Ces déportés étaient dirigés vers le nord, vers Kovno, Riga ou Minsk pour y être éliminés. Probablement, les Allemands considéraient que cette région qu'ils occupaient réunissait les conditions de discrétion nécessaires aux meurtres de masse. Il y avait en outre, dans ces terres de la Baltique, des mouvements fascistes qui collaboraient ouvertement et avec ardeur à l'élimination physique des Juifs européens.

Les trois premiers convois transportaient chacun autour de mille déportés, des Juifs allemands partis de Munich, Berlin et Francfort. Ils furent tous assassinés le 25 novembre. Il n'y eut aucun survivant.

"L'opération" se déroulait dans un fossé entourant ce que l'on a appelé le "neuvième fort de Kovno".

Le quatrième train transportait des Juifs de Vienne. Mille exactement, nous disent les archives. Ils furent tous fusillés le 29 novembre.

L'histoire que je veux rapporter dans ce livre concerne un train parti de Breslau le 23 novembre avec mille cinq déportés. Les survivants (dans chacun de ces trains, il y avait beaucoup de cadavres à l'arrivée) furent exécutés également le 29 novembre.

Là où l'histoire s'arrête un instant, trébuche, là où les historiens s'interrogent, là où la manie allemande de la statistique apparaît, c'est qu'il manque un déporté à l'arrivée. Un enfant.

Il a fallu des années pour s'apercevoir de cette disparition, des années de recherches minutieuses, attentives, et un intérêt grandissant pour ce que l'on peut appeler – après de nombreux recoupements – une défaillance de la machine de mort et une complicité miraculeuse pour en faire mentir la perfection.

C'est cette anomalie d'une mort en moins, que je veux tenter de décrire.

A partir des confidences d'un soldat allemand, Helmut Döbeln, à plusieurs journaux allemands en 1955, j'ai tenté de reconstituer approximativement ce qui s'est passé.

Le train du 23 novembre a sans doute circulé entre Prague, Brno et Breslau avant de remonter vers le nord, mais il a été impossible de retrouver avec exactitude son itinéraire. Ce qu'a confié le soldat allemand, alors âgé de trente-quatre ans, aux journalistes, c'est la scène suivante :

Dans une petite gare, au pied des Carpates, le train s'est arrêté. Probablement entre Trencin et Zilina.

Pour mener mon enquête j'ai suivi la ligne de chemin de fer, et le tracé correspond effectivement aux déclarations d'Helmut Döbeln. Mais ce dernier n'a pu se souvenir, devant les journalistes, du nom de la gare. Pour cette raison, ils ont cru qu'il avait inventé cette histoire et plus personne en Allemagne n'a cherché la vérité.

La section de jeunes recrues à laquelle appartenait Döbeln était cantonnée pour quelques jours à Trencin, dans une caserne de sapeurs-pompiers. Elle a reçu l'ordre de pénétrer sur les quais pour contrôler l'intérieur du train. Les soldats devaient abattre un déporté par wagon. Tout au long de leur premier jour de voyage ces derniers avaient en effet laissé tomber des messages pour alerter leurs compatriotes sur le sort qui leur était réservé. Ces messages écrits sur des bouts de papier, des morceaux de journaux, avaient été rapportés à la police allemande. L'information avait été transmise aux autorités militaires qui avaient fait stopper le train.

Lorsque les wagons se sont immobilisés, Döbeln était en position de tir avec son fusil, à la fin du convoi. A cet endroit de la gare le quai n'existait plus. Le soldat se trouvait sur le ballast, assez éloigné de ses camarades et surtout du sous-officier qui commandait la section.

Il faisait très froid. Döbeln, une fois les portes ouvertes, a découvert avec épouvante la situation des déportés. Un vieillard, gelé, était déjà mort. Plusieurs autres prisonniers, visiblement, ne survivraient pas. Döbeln a pénétré dans le dernier wagon, tournant le dos à l'ouverture. Il a tiré dans le ventre du vieillard dont le corps était dressé près de la porte. Il fallait, a-t-il déclaré plus tard, “que l’on entende le coup de feu”. “Le corps, a-t-il dit, n’a même pas bougé.”

C’est à ce moment-là que, dans le wagon, une femme, assez jeune, l’a regardé longuement. Elle a fait glisser son enfant sur le quai tout en fixant les yeux du jeune soldat. Celui-ci a détourné la tête. C’est du moins ce qu’il a rapporté.

L’enfant a couru le long du ballast et a disparu.

Helmut Döbeln est mort dans un accident de la route en allant à Bonn, en 1960. Il se rendait à une convocation d’un tribunal allemand chargé de juger les crimes nazis. Son témoignage avait été sollicité par la justice fédérale qui enquêtait sur la responsabilité du chef de la section.

Qu’est devenu cet enfant, lâché le long d’un train, en 1941, au moment où commençait – quelques mois avant la conférence de Wannsee – l’extermination des Juifs européens ?

J’ai poursuivi mon enquête. Et j’ai découvert qu’une femme allemande était, ce jour-là, sur le quai de la petite gare. Et ce n’était pas n’importe quelle femme, si du moins l’on peut faire confiance à la déposition de ses parents, des paysans de Silésie qui l’accompagnaient.

Elle était venue passer quelques jours dans la

ferme familiale, une petite exploitation sur les coteaux des collines voisines.

Elle s'appelait Eva. Son mari, un ancien tailleur de pierres, était employé à l'Office criminel du Reich à Berlin comme l'adjoint du bourreau de la capitale allemande.

Ces informations, je les ai obtenues du maire de Topol'cany en Tchécoslovaquie*. Maire communiste, ancien résistant, il avait contribué – sous l'occupation soviétique – à la rédaction de brochures locales décrivant la situation des villages slovaques pendant la guerre. Le père d'Eva, avant de mourir, lui avait confié qu'un petit garçon, probablement un Juif, avait habité chez lui, dans sa ferme, pendant quelques jours, avant qu'Eva n'emmène l'enfant à Berlin. »

*

J'ai lu et relu le texte de ce Scheller. Et puis il y a eu comme de la brume en moi. J'entendais seulement les pas des surveillants, quelques râles, le bruit du vent derrière les barreaux, les branches qui touchaient le mur, juste au-dessus

* NDLR : la Slovaquie actuelle.

de ma cellule. On aurait dit qu'elles grattaient pour signaler quelque chose. En fait il n'y avait rien que la nuit.

Et puis la brume s'est dissipée et j'ai éprouvé un sentiment fraternel pour cet écrivain qui, sans connaître Peter, était parti ainsi sur les traces d'un fantôme d'enfant, courant – sans que personne puisse ou veuille le voir – le long d'un convoi de déportés déjà ensevelis dans la mort.

La personne de Peter avait fait irruption devant moi, épanouie, comme une fleur énorme, inquiétante, dangereuse ; elle surgissait de ce gamin qui devinait confusément l'incroyable saloperie de la vie. Qui venait juste de voir un soldat tirer dans le ventre d'un vieil homme gelé, un homme posté comme une sentinelle aux bords extrêmes du froid.

Elle ne m'étonnait qu'à moitié, l'image de mon ami commençant sa vie en fuyard, son haleine égarée dans le manteau d'une Allemande.

La gare, je la vois bien. Elle ressemble aux petites gares françaises aujourd'hui désaffectées. On imagine les trains de jadis, je veux dire : les trains de voyageurs, les banquettes en bois, le chuintement de la vapeur, une sorte de vie familière, campagnarde. Peut-être des fleurs devant la maison du chef de gare. Aujourd'hui des enfants, des lycéens qui se bousculent, des représentants de commerce ? Je ne parle pas des trains de marchandises qui vont encore, lentement, comme de grandes caisses brunes vers de mystérieuses destinations.

Si le petit garçon de trois ans c'est Peter, si c'est lui, si c'est mon copain, ce gosse, si c'est en Silésie cette histoire, si Peter vit toujours, alors je raconterai l'étonnement du petit fugitif, un étonnement qui se prolonge durant toute sa vie, par légères secousses verbales, irruption de mots, stupéfactions diverses. Oui, je parlerai de cet enfant sorti de la guerre par amour de la fuite. Et je comprends que Peter a sans doute tout fait ensuite pour s'accrocher à Eva, la seule femme dans ses souvenirs qu'il ait jamais aimée.

Quand on perd sa seconde maman à sept ans, au milieu des cris des soldats, des exécutions sommaires, du bruit des canons, on a le droit de confondre ses deux mères et pour la seconde de se tromper sur la couleur de ses yeux, sur la façon qu'elle avait d'embrasser un fils qui n'était pas le sien. Un petit Juif…

De son côté Laura enquête, questionne, recherche des documents. Elle aimerait sans doute cerner un peu mieux la vérité de cet homme. C'est une Juive d'Israël. Elle a reçu des instructions. Il faut récupérer Hoffmeister, le faire rentrer au pays. C'est ce qu'on lui a demandé à Tel-Aviv. Enfin, j'imagine. Alors elle fait son travail. Mais elle le fait aussi parce qu'il y a une étrange sonorité dans la voix de Peter, une musique qui semble venir de loin, des profondeurs. Si sa voix est fluette, son corps gonflé, si ses petits yeux clignent un peu au soleil d'Italie quand il parle, Laura entend bien cette très vieille histoire qui se glisse entre les mots. Elle connaît ce bruit de rivière dans la langue. Son peuple est aussi dans les mots.

*

C'est tombé devant moi. Comme ça. Ce n'était pas un hasard. Il m'avait dépassé, le grand type roux que j'avais souvent croisé dans le parc. Il avait laissé tomber quelque chose qui ressemblait à une carte postale. En fait il s'agissait d'une photo. Je l'ai ramassée sans empressement majeur. Avec nonchalance. Il ne fallait pas attirer l'attention des surveillants. Depuis que Puppy m'avait prévenu de la présence de certains malades qui ne l'étaient pas plus que moi, je regardais davantage les visages des uns et des autres. Je me méfiais un peu plus. Cela ne changeait pas grand-chose car je ne parlais à personne. Autant par prudence que par indifférence. Egalement pour ne pas subir les discours extravagants, les insultes ou les confidences des « vrais malades ». J'ai mis la photo dans ma poche en choisissant avec lenteur une feuille de platane tombée juste à côté.

Je suis retourné dans ma chambre. D'abord je n'ai pas compris. C'était une photo prise d'un champ. On voyait, au premier plan, des sillons alignés. Du blé, puis une ligne d'arbres fruitiers, plus loin des bâtiments de couleur pâle. Je reconnus l'hôpital à un détail : le bâtiment central était surmonté d'une grande salle, ouverte de tous les côtés, protégée seulement par des vitres qui renvoyaient la couleur et le mouvement des nuages. Elles étaient teintées. Cette sorte de tour de contrôle, dont on ne pouvait deviner qui l'occupait, devait être un lieu de surveillance de l'ensemble des bâtiments. On pouvait en effet, de cet endroit, voir le parc jusqu'à la rivière, les allées et venues des uns et des autres, et très certainement les abords mêmes de l'hôpital. Peut-être même apercevait-on, de là, le quartier des femmes.

Je ne comprenais pas très bien l'intérêt de cette photo ni la raison pour laquelle le type roux – un des Ukrainiens dont m'avait parlé Puppy ? – l'avait laissée tomber devant moi afin que je puisse m'en saisir.

Le lendemain, je repris avec attention l'examen de la photo. Sur le côté gauche, un petit rectangle gris, porteur d'une inscription, m'intrigua. Je ne l'avais pas vu tout d'abord.

Avec un certain embarras, pour expliquer que je ne lisais plus très facilement les livres qu'elle me prêtait, je priai Puppy de me fournir une loupe.

Dans la nuit, sous la lampe qui éclairait ma table de chevet, apparut alors l'inscription portée sur le petit rectangle gris :

TERRAIN MILITAIRE

Danger

Défense de pénétrer
au-delà de cette limite

*

Phrase de Peter : « Les hirondelles ne savent pas qu'elles sont en train de disparaître. Pourquoi les hommes le sauraient-ils pour eux-mêmes ? »

J'ai bien compris que c'était la rivière qui pouvait me sauver. Dans les westerns, lorsqu'un homme s'enfuit, il mélange son odeur et ses traces à l'eau des torrents. Au lycée, nous aimions les westerns, les anciens films du moins, ceux qui avaient encore de la lenteur, des couchers de soleil, des paysages en technicolor, une chaleur qui leur appartenait, que l'on retrouvait en sueur sur les visages mal rasés des gens de l'Ouest. Nous nous frottions un menton imberbe avant de dégainer, dans la cour, sous l'ombre paisible des marronniers.

J'ai préparé soigneusement cette fuite. Elle était devenue le sujet de mes nuits, avec les corps de femmes inconnues dont je retrouvais le désir. Des jeunes filles surtout, bien plus belles encore d'être imaginaires, étendues sous mes mains attentives. Je refaisais toujours les mêmes trajets : du ventre vers les seins, des épaules vers les fesses, du cou vers la nuque sous les cheveux, le tracé des lèvres, le bord des yeux, les tempes, le sexe. Parcours obsessionnel qui donnait à mon évasion une allure dont je m'efforçais de camoufler l'insistance.

Par la rivière on devait pouvoir échapper quelques instants aux chiens. J'entendais parfois leurs aboiements mais ils semblaient lointains. Peut-être venaient-ils d'une des fermes autour de nous ?

Sur la berge, il y avait une grille, infranchissable en dehors de la porte où se tenait, jour et nuit, un surveillant. La porte était bouclée le soir, mais le surveillant – rarement le même – restait sans doute en poste. Je ne voyais pas d'autre parcours. Il fallait neutraliser cet homme et le faire au début de la nuit. Ma chambre étant fermée de l'extérieur, cela faisait au moins deux obstacles majeurs. Pouvais-je le faire sans l'aide de Puppy ?

La question cheminait en moi depuis notre conversation dans la cuisine. Ce que je savais sur elle avait créé un territoire de manœuvre où chacun de nos pions, comme sur un jeu d'échecs, devait agir pour ne pas disparaître au profit de l'autre joueur.

Avais-je la moindre chance de l'amener à une

complicité que tout lui interdisait ? J'imaginais qu'il ne serait possible d'obtenir une telle attitude qu'en nous fixant – en commun – le sauvetage de Peter. Mais je ne pouvais m'encombrer d'elle dans cette démarche. Je n'avais aucune certitude sur ses objectifs, ni sur ses donneurs d'ordres. Et encore moins sur sa fiabilité.

Je n'imaginais pas Peter menacé par Laura. Mais il l'était, sans aucun doute, par le numéro douze.

Je voulais faire parler Puppy. Evoquant moi-même le travail de Scheller, je lui dis que l'extrait qu'elle m'avait procuré m'avait enfin conduit à lire l'ensemble du livre.

Scheller avait mis en situation des faits réels. Il les avait placés sous le regard d'une conscience allemande qui s'était éveillée chez certains exécutants dans le déroulement de la tragique liturgie nazie. Un adjoint de Mendele à Auschwitz s'était suicidé, un officier de la Wehrmacht avait refusé de fusiller un groupe d'écoliers, il avait demandé à être jugé par un tribunal fédéral, il voulait faire reconnaître la désobéissance comme la vertu des temps difficiles, un instituteur avait caché un de ses élèves... Il s'agissait toujours d'enfants et sans qu'il en fasse la démonstration, Scheller avait voulu montrer qu'au massacre des innocents certains s'étaient opposés.

Ce qui m'irritait dans cette démarche, c'était que l'on isole, pour en faire une exception, le cas des enfants. Toutes les victimes, quel que soit leur âge, étaient innocentes. La barbarie avait inscrit, sur son front, les lettres immondes du combat contre l'innocence, l'intelligence et la vie.

Oui, disait Puppy. Tu as sans doute raison…

Elle avait la voix lasse : jamais réédité, l'ouvrage était tombé dans l'oubli ; Isaac Scheller avait été assassiné, un soir, dans un bar de Brême ; on avait évoqué une rixe d'ivrognes ; l'affaire s'était terminée par quelques condamnations mineures. En fait l'assassin de Scheller était un ouvrier des chantiers navals, il appartenait à un groupe néonazi. On a prétendu ensuite qu'il s'était suicidé en prison.

Et puis elle s'est animée, son visage a pris subitement le masque de la colère : « Tu comprends, dans cette histoire de la guerre, il n'y a pas que les Juifs, quand même… Tout tourne autour d'eux… Ils veulent qu'on les aime, qu'on les plaigne sans cesse… Ils ne font des livres que sur eux… C'est un peu fort. Après tout, parmi l'ensemble des morts de cette guerre, il n'y avait qu'une minorité de Juifs… »

Alors je me suis souvenu d'une de nos premières discussions. J'avais découvert avec surprise mais sans y prêter attention que Puppy était profondément antisémite. Peut-être un camouflage puisque c'était l'un des rares sujets de fond sur lequel elle exprimait une opinion.

*

Nous étions à l'époque au mois de septembre. Le temps était sinistre. Il pleuvait depuis une semaine. On ne pouvait pas sortir. Elle était entrée dans ma chambre avec une tasse de café. Je l'avais saluée en disant :

— C'est un septembre noir…

Elle avait sursauté et m'avait regardé bizarrement :

— Pourquoi dis-tu cela ?

— Je ne sais pas : la pluie, le vent, on croirait le jour des morts… Tu as vu : le ciel est noir.

— Tu sais ce que c'était « Septembre noir » ?

— Bien sûr, je me souviens…

Elle me dit alors qu'elle était présente à Munich. Elle insistait. « Comme infirmière, bien sûr. Tu comprends, comme infirmière… » J'avais à peine écouté la suite : les corps déchiquetés des terroristes et des otages sur le tarmac de l'aéroport militaire de Fürstenfeldbruck, les mensonges sur la négociation, les bandes vidéo qui avaient été volées…

Ce n'est que plus tard, plusieurs mois après, que je me suis posé la question : que faisait-elle exactement à Munich ce jour-là ? Dans les services allemands ? La police ? L'armée ? Pour qui travaillait-elle ?

J'avais croisé dans ma vie des agents dont on devinait le jeu trouble. Lorsqu'ils étaient mauvais, ils ne vivaient pas très longtemps. C'était la règle, tout le monde la connaissait.

Peu à peu, Puppy me semblait appartenir à cette espèce. Mais elle survivait… Peut-être plus habile que je ne le pensais. Dans les premiers mois de mon séjour à l'hôpital, je restais assez indifférent à cette question. La réponse ne pouvait avoir aucune incidence sur ma vie… Mais peu à peu, je voulais savoir. La curiosité l'emportait. Egalement mon désir de revoir

Peter vivant. Jouisseur, incrédule, parlant avec sa langue étrange du mouvement de la vie, du système que les humains s'étaient inventé pour survivre. Dans la position flottante, dérivante d'une méduse, tout était possible : la lâcheté, l'héroïsme, la cruauté, la paresse. On passait d'une situation à l'autre avec une légèreté qui tenait à l'irréel. C'est pourquoi j'aimais ce travail, si tant est que l'on puisse parler d'un travail. Plutôt une ultime étape avant la soumission et la mort.

Munich, Septembre noir, c'était là peut-être, à cet endroit-là, ce jour-là, à ce moment précis, que je pouvais – éventuellement – comprendre qui était véritablement Puppy. A partir de cet événement, je pouvais imaginer une trajectoire, déterminer ma rencontre avec elle, échapper à cet étouffement où nous étions tous les deux prisonniers.

*

Ma fuite poursuivait son chemin imaginaire. Je me voyais, assis à une table de café, visage recomposé, corps disponible. Regarder les gens qui passaient, les haïr ou les aimer, renifler leurs odeurs comme le font les chiens, c'était une façon de vivre… En moi, la raison s'effaçait. Elle devenait flottante, indécise et s'inclinait devant ma survie. On m'avait transformé en gibier, poursuivi, acculé au fond d'un ravin. Et je n'avais plus qu'une façon de penser à ce qui était encore moi : il me fallait, avec la paume de mes mains, sentir mes os, le battement de mon cœur, la paroi si fragile de la nuque, les tempes, ce qui restait pour le moment un corps. Je ne l'aimais plus mais il résistait à ce désamour, il se heurtait à la présence obsédante des murs, des barreaux, des surveillants, il tournait, se retournait chaque soir, au moment de sombrer dans le sommeil, sans que je puisse, dans mon exaspération, le contrôler.

*

Ma mère m'avait dit un jour que je ne mourrais jamais. J'étais un enfant, je la croyais. Pourquoi mourir puisque les autres le faisaient à ma place chaque jour ? Les hommes qui venaient la voir, les gros, les maigres, les banquiers ou les plombiers, j'avais compris très vite qu'ils n'étaient reliés à la vie que par ce morceau de chair, entre les cuisses, qui les rendait fous, larmoyants, imposteurs, criminels. Leurs mots ou leurs silences, leurs vies ou leurs morts, avaient le même tremblement inutile. Le sexe c'était juste une façon de croire qu'ils vivaient vraiment.

Vous apprenez d'une pute ce que personne ne vous a jamais dit.

*

En 62, maman est partie pour l'Asie. Elle devenait folle, folle de haine et de mépris pour ces hommes qui l'utilisaient comme la poubelle de leurs désirs, folle d'avoir perdu, quelque part au fond du monde, le seul homme qu'elle avait sans doute jamais aimé. J'avais dix ans et je venais juste de comprendre que tout le monde meurt, que la vie n'aura plus que cette couleur-là : celle de la pluie, des feuilles qui tombent, des automnes roux, de la voix grelottante des vieillards… Et puis surtout vers Noël l'odeur d'humus, de pourriture, de marrons écrasés qui accompagne notre renoncement et nous sépare à jamais de l'enfance.

J'ai continué à aller à l'école. C'était un pensionnat religieux. Ma mère y avait tenu. Elle voulait sans doute me donner des principes… Dans ces murs, j'ai aimé la Bible. Je la lisais sans cesse. Il y avait des histoires de meurtres, d'adultère, des gens paumés sur leur fumier, des chants d'amour et de guerre. Il y avait aussi, dans la traduction de mon livre, ce personnage, « le Seigneur » que l'on appelait au milieu du malheur, que l'on questionnait, qui parfois répondait et détruisait sur-le-champ les armées de l'ennemi.

Je disais « orphelin » lorsqu'on me demandait la profession de mes parents. Et puis j'ai arrêté de le dire vers douze ans : on m'avait placé dans un collège militaire. Je répondais « parachutiste » pour le père. Pour ma mère, j'écrivais « sans ». Ce pouvait être sans profession, sans maman, sans endroit pour la retrouver, sans idée sur la question. Plus tard, beaucoup plus tard, Peter me dira quelque chose qui correspondait bien à ce moment de ma vie : « Heureux, ça ne veut rien dire. Tu es vivant ou mort. Entre les deux, il n'y a rien. »

*

Maintenant, je pense aux méduses échouées sur les plages. Le sable recouvre peu à peu leur couleur bleutée, translucide. Les enfants s'en éloignent comme d'un déchet dangereux. Ou alors ils les blessent pour voir cette chair molle, flasque, tressaillir une dernière fois.

Sorti de l'eau, à côté des humains et de leurs cris, je me suis échoué sans le vouloir, au bord même de la vie.

*

Puppy était pour moi le chemin vers Peter. Elle seule pouvait comprendre ce que signifiait ma recherche d'un homme perdu. Un humain tueur et amoureux comme ils le sont tous dès qu'ils se mettent à vivre. J'avais besoin de Puppy pour sortir de ma prison, m'en aller vers un autre univers. Nous étions sur la même piste : elle avait connu Peter et moi j'avais découvert la détresse de cet homme et puis tout à coup son désir de boire, de parler, de mesurer le temps et l'espace qu'il lui restait à vivre.

*

Je n'ai pas eu à le lui demander. Ni à l'informer ni à lui mentir. Vers la fin d'une belle matinée – c'était un ciel dénudé, vierge de tout hiver –, Puppy est venue. Elle ne s'est pas assise sur le tabouret que je lui avais consacré, elle est restée debout, ses yeux rouillés – elle avait dû pleurer –, sa voix était rauque, son corps échoué à l'entrée de ma chambre. Son image m'est apparue, quelques secondes seulement, comme une photo pâle, affaiblie par le temps, un poster que je n'aurais pas réussi à décoller du mur. Elle, penchée, appuyée sur le chambranle de la porte, moi me levant pour aller vers elle, touché au cœur par ce regard d'une si grande tristesse…

Elle a seulement dit : « Ce soir, à onze heures précises, tu pourras y aller. Il n'y aura personne près de la rivière. »

Puis elle s'est effacée après avoir posé sur la table une petite liasse de billets et un revolver. Un petit bijou.

Il n'y a pas de sous-titre dans une photo. Ou alors c'est un mensonge. On devine parfois les rires ou les larmes. Mais plus difficilement les paroles. De même, on ne peut voir ce qui se passe autour du dialogue, on ne peut voir ce qu'il y a devant ce corps exposé dont la bouche est ouverte. Bouche qui laisse fuir un liquide invisible : des mots qu'elle avait contenus, s'écoulant devant moi comme à regret, déversés là, dans cette cellule où l'on m'avait enfermé.

Cette photo n'existe nulle part, je l'ai portée en moi, chaque jour je l'ai regardée, et elle ne changeait pas, je me suis sali de ce naufrage qu'elle représentait. Mon départ, ma fuite, ma vie disloquée, étaient liés, à l'évidence, à la mort prochaine de Puppy. Ses yeux allaient voir celui qu'elle n'avait jamais vu : un homme dont la mission serait identique à la mienne, à celle de Peter. Il aurait le regard indifférent et triste, un refus semblable de toute parolc, une aversion définitive pour l'idée même d'une explication.

A onze heures, j'ai franchi la grille donnant sur la rivière. L'eau était glacée. J'ai marché avec violence. Je voulais me rejoindre moi-même et je savais qu'au bout, plus seul encore que je ne l'avais jamais été, il y aurait un temps nouveau. Mais quel était son contenu, sa densité, sa matière ? J'avais cinquante ans, ce n'était pas le milieu de la vie, ni le meilleur. Plutôt un palier incertain. On hésite à ouvrir la porte parce que derrière il n'y a pas beaucoup de lumière.

*

Je ne sais plus quelle a été ma route pour arriver en Provence. Je me souviens de plusieurs autocars, de michelines bleues, de quais de gares inconnues, du silence qui les entoure. Je me souviens de ces locomotives qui fonctionnent au diesel, des villes de province où l'on n'arrive que par hasard, en surplombant de minuscules jardins, des balançoires pour enfants, des dépôts de chemin de fer qui ressemblent à des images de guerre, à des abandons. Je me souviens d'une vieille femme qui m'a demandé l'heure, de ma tentation de l'étouffer aussitôt avec son écharpe de soie au moment où le train passait sous un tunnel. Je me souviens d'un journal, sur une banquette, avec un gros titre : « ABOMINABLE ». C'était un fait divers commis dans la région. Le viol et le meurtre d'une petite fille. Le suspect avait été arrêté. On voyait son visage fermé, ses yeux fuyants. Il était mal rasé. Si j'étais pris, il n'y aurait de photo nulle part. Ni de mon corps, ni de mon visage. Pas de gendarme, pas de procureur de la République venant devant les journalistes avec son nœud papillon… L'absence de toute tombe, de croix, de fleurs, était dans l'ordre des choses. Il n'y en avait pas non plus pour les chevaux, les chiens, les imposteurs, ceux qui ne meurent que pour eux-mêmes. Je n'avais rien à dire devant tout cela : les crimes crapuleux ou passionnels, les petits assassinats de village, ce spectacle de la justice avec ses baldaquins, ses tentures, ses grands prêtres et leurs désirs de vengeance. Rien non plus devant le caractère précieux, mal compris, insaisissable de la disparition. Dans les deux cas il y aurait des jugements, des hochements de tête, des résignations. Et puis chacun rentrerait dans sa vie comme s'il avait fait son devoir.

*

Le monastère de Stéphane avait été construit récemment. Des religieux serbes, des politiques aussi, l'avaient financé. Un petit chemin en terre battue et puis une image d'Epinal : des cyprès, une colline couverte d'un maquis épais. Au pied de la colline il y avait un portail surmonté d'une croix orthodoxe dont l'un des bras était légèrement replié. On descendait ensuite au creux d'un vallon : le monastère était là, dans le silence. Il paraissait d'abord désert, inoccupé. Une vacuité insolite alors que tout autour la vibration des insectes, le mouvement du vent dans les pins, signalaient une vie dont je me surpris à aimer l'intensité. Mon souvenir était intact : le passage furtif de robes noires, d'ombres barbues, le chignon noué sur la nuque, le bruit léger des sandales sur les dalles : rien n'avait changé. J'étais venu ici avant ma dernière mission, avant l'hôpital, et j'étais étonné de pénétrer de nouveau dans ce temps immobile.

Ici j'allais souffler quelques instants. Seul Stéphane savait qui j'étais. Pour les autres, je faisais une retraite. Les gestes, je les connaissais : embrasser le bas des icônes, faire le signe de croix à l'envers, participer aux offices... Le mimétisme m'avait souvent été utile. Il suffisait de continuer.

*

Première conversation avec le moine. Il ne manifeste aucune surprise et semble savoir beaucoup de choses. Il a été informé de mon passage à Pale, de la fugue de Peter, de notre échec.

Il me dit que jamais les Français ne laisseront parler Karadzic et Mladic. La France risque trop dans cette affaire. Une deuxième équipe a été envoyée sur place. Elle connaît les mêmes difficultés avec les Allemands et les Américains. Wilhelm est toujours là-bas. C'est lui qui semble tirer les ficelles pour le Tribunal pénal international. Il prétend qu'à La Haye on lui fait confiance. Selon lui l'importance du dispositif militaire autour de nos cibles empêche aujourd'hui quiconque de les capturer. En outre les Etats-Unis considèrent que c'est une affaire d'Européens et que sur des sujets comme les crimes de guerre, le Vieux Continent a une avance sur eux, une antériorité singulière. Et puis, les deux hommes sont surprotégés, changent de lieu en permanence et bénéficient d'une totale complicité de la population. En Europe, c'est toujours la même chose, pense-t-on à Washington.

Stéphane me dit que la deuxième équipe n'aura pas plus de succès que la première. La seule différence cette fois-ci tient au fait qu'on ne la laissera pas repartir. Je demande :

— C'est qui « on » ?

La réponse est nette :

— Les Américains… Ils se vengent sur la France des obstacles que vous avez opposés à la guerre en Irak, ils veulent un scandale international qui – à leurs yeux – n'épargnera aucun des dirigeants français : ni ceux d'hier, ni ceux d'aujourd'hui.

Il continue :

— Vous savez, maintenant c'est un affrontement sérieux avec eux. On se voit, on se salue, on se parle, parce qu'on ne peut pas faire autrement mais le mépris est là, à fleur de mots, entre les deux rives de l'Atlantique. Moi en tout cas, je n'oublierai jamais qu'ils ont bombardé Belgrade, détruit nos ponts, déporté les Serbes de territoires où nous avions, siècle après siècle, défendu l'Europe.

Il s'excite peu à peu, le prophète barbu. Il s'exalte devant moi. Il se met à prêcher !

— Je crois que vous n'avez pas compris cela : Ils veulent un monde cosmopolite, décervelé, amnésique dont ils seraient les gardiens ! Ils en agitent les clefs devant nous pour faire croire que l'on peut s'en échapper… Mais c'est une prison ! Ils disent : la liberté ! Mais c'est un monde de banques, de pétrole, d'obèses… Ils vont mourir, vous verrez, d'un cancer public, un grand cancer qui les brûlera de l'intérieur ! Nous devons résister à cela ! Le veau d'or ! C'est ça : le veau d'or, une vieille histoire ! Pourquoi l'Europe, je vous le demande, hein, pourquoi l'Europe, devant l'Islam, nous a-t-elle abandonnés ? C'est les Russes qui nous sauveront, vous pouvez en être sûrs, les Russes !

J'écoute tout cela, et au fond, je m'en fous. Je croyais servir la France, et elle se sert toute seule avec ses mains grises de vieille dame politique. Je n'ai pas envie de disparaître comme mon père, pour la gloire de quelques vieux généraux pour l'Occident chrétien, pour le caoutchouc asiatique ou le chocolat ivoirien. Mon père au moins, c'était à Diên Biên Phu. Une certaine allure. Le panache qu'en France on accorde à la défaite : Azincourt, la ligne bleue des Vosges, Cambronne, etc... On s'en va le verbe à la bouche. Ça fait des générations que ça dure. Moi, je n'ai pas très envie. Plutôt une envie de fuite : anonyme mais vivant. Je n'ai pas encore pris l'habitude de mourir.

« Soldat inconnu, je l'ai été pendant ma vie, Stéphane, tu comprends ? Totalement inconnu mais vivant ! »

Je l'ai prononcé plusieurs fois ce mot de

« vivant », devant lui qui avait si souvent donné la mort.

Il a un sourire fanatique, Stéphane. Sa barbe lui donne une dimension inquiétante. On devine qu'il est mangé par la haine, l'ancien garde du corps. Parce que garder le « corps » d'un type comme Mladic, c'est protéger ce qui est déjà un cadavre, pour éviter qu'il se mette à puer devant les troupes et puis dans les prétoires, devant les robes des juges, sur les écrans des télévisions, jusque dans les salons.

Maintenant Stéphane parle avec une douceur imprévue. Il me dit qu'il prie pour moi, qu'il n'est pas là simplement pour se cacher mais aussi pour expier les fautes qu'il a commises.

Comme il a toujours sa tête de bandit, je devine qu'il continue pour d'autres, comme il le fait avec moi, à jouer un rôle de relais, de plaque tournante.

Je me souvenais du début de cette guerre de dix ans, contre les catholiques en Croatie, en Slovénie, puis contre les musulmans qui occupaient un territoire à nettoyer. Pour lui, c'était un devoir de « purifier son pays », comme on le fait en luttant contre des insectes, des rongeurs.

Les moyens – c'est-à-dire les massacres – n'avaient pas d'autre objectif. Il était sans doute utile Stéphane à cet endroit, dans cette fonction, pour les gens qu'il avait servis. On ne devait pas lui interdire d'aller à Belgrade de temps à autre, d'y recevoir quelques consignes, peut-être aussi des documents, de l'argent… Un moine, bien visible, identifié et respecté, c'était plus intéressant qu'un espion qui rase les murs…

Et puis il y eut une deuxième surprise. Il me tendit une enveloppe. La cloche du monastère sonnait. Il lui fallait aller à l'office.

Je n'avais qu'un vieux sac de sport où étaient conservés mes quelques vêtements de l'hôpital, l'argent et le revolver.

Je suis sorti par le grand portail. On ne m'a rien demandé. Je n'avais plus rien à faire, plus rien à dire. Sauver ma peau était mon seul projet. Eux, ils sauvaient leurs âmes…

*

J'ai loué une caravane dans un camping de la Côte d'Azur. C'était le début de l'été. En payant une semaine d'avance, on me laissait tranquille.

J'avais quand même un dernier faux passeport. J'étais français (pourquoi pas ?) et je m'appelais Nicolas Frémier. Il y avait à côté de moi des Hollandais. Les caravanes, les maisons en plastique blanc, étaient posées côte à côte. On aurait dit des petits cubes dans une vitrine... ou des tombes dans un cimetière. Les gens jouaient aux nomades. Ils fabriquait des cabanes comme lorsqu'ils étaient enfants. Mais il fallait aussi la télé, la lumière, la radio, la crème à bronzer, tout ce qui les empêchait d'avoir peur.

*

Le soir, j'ai ouvert l'enveloppe de Stéphane. Elle contenait une lettre de Peter. Son écriture avait un peu changé, mais c'était bien lui. Elle ressemblait à ses petits yeux, à son ironie. C'étaient des signes minuscules écrits avec une grande application. On aurait dit du grec :

« *Trieste, le...*

Mon petit Jeannot, mon vieux camarade,

Je sais, je sais. Tu vas être surpris. Mais un jour peut-être je pourrai t'expliquer. D'abord cela : je vais mourir. Je suis foutu, Jean. Je finis pourri, mangé à l'intérieur. Mais rassure-toi, ils ne m'auront pas. Même mon cadavre, ils ne le retrouveront pas. Je suis en Italie quelque part où il ferait bon vivre si… Le boulot que nous avons fait, il est derrière moi. Je ne peux en parler qu'à toi. Comme tu le sais, je n'ai jamais mis les pieds à Pale. Le mal était déjà en moi depuis à peu près un an. Je ne te l'ai pas dit, cela ne servait à rien. Notre boulot non plus ne servait à rien. Quand tu sais que tu vas mourir, tu n'as pas envie de laisser déborder à l'extérieur cette saleté que tu as au fond de toi. Tu la gardes. Tu regardes le matin, tu es étonné par le matin. Tu regardes tes mains, tu caresses l'écorce d'un arbre, tu joues avec de l'eau et tu es toujours étonné.

J'ai aimé parler avec toi. Pour moi, les paroles ce sont de petites musiques qui ne valent pas grand-chose. Des fleurs de fossés, de bords de route. Quand elles flétrissent, on ne s'en aperçoit même pas. Mais toi, tu parlais peu. On échangeait plutôt nos silences et c'était bien. Je viens d'apprendre qui j'étais. Au moment même où je savais que c'était fini.

Je suis un petit Juif, Jean. Enfin… un vieux Juif qui va mourir. Et je pars avec une histoire que je n'aurais jamais pu imaginer. Tu te rends compte : moi, le fils du bourreau !

Tu le sais : j'ai aimé un peu les filles et beaucoup les garçons. Dans ce cas-là, on te dit que tu es homosexuel. Mais je m'en fous. Je suis tout ce qu'on veut.

Le reste : la trouille, les planques, les mensonges, la mission dégueulasse qu'il faut exécuter à tout prix, les hôtels borgnes, les pas d'un homme derrière toi, les directions qu'il ne faut pas prendre, le regard des flics aux frontières, et encore pire : ceux des civils derrière les flics, tout cela c'est fini. Je respire, je mange, je ne souffre pas. C'est pas bien, ça ? Je ne sais pas vraiment pour qui j'ai travaillé. Pour quoi, non plus. Je les emmerde, Jean. Tu sais ça ? Je les emmerde. Et je sais que je vais mourir pour moi, pas pour eux, pas pour la France.

Tu comprends, à Paris, les décorés, ceux qui font les défilés, ils ne savent même pas que nous existons. Dans les dîners en ville, ils parlent des "services" avec un air entendu... Mais il s'agit des agents planqués dans les ambassades. Ceux-là, ils lisent les journaux, écoutent aux portes, piquent des dossiers... Ils ne risquent à peu près rien. Ils bouffent le soir, l'air pincé, avec des gens à cra-

vates. Ils ne meurent jamais. On ne les échange même pas. Toi, tu te fais prendre, on t'échange avec un vieux Soviétique qui ne sait pas encore que le mur de Berlin est tombé. Et après, c'est le placard, dans le meilleur des cas, jusqu'à la fin de tes jours.

J'ai eu un copain qui s'est retrouvé dans un fossé près de Kourou, en Guyane. Les Américains l'avaient tué. Du travail très propre. Il savait, lui, que les gentils Yankees essayaient de faire péter nos fusées Ariane pour qu'elles n'aillent pas vraiment où il fallait. Ils ont réussi plusieurs fois. Il savait tout, mon pote : les moyens utilisés, les ingénieurs, l'organisation des agents sur le terrain, et le nom d'un Français qui trahissait à l'intérieur du centre d'essai. Celui-ci, il touchait gros. Mon copain lui, il avait fait un travail de fourmi. Il avait tout recoupé. Et la fourmi a été écrasée. Un bon copain, tu sais. On s'était connus dans une réunion du numéro douze. Dix ans ! Pendant dix ans, il avait pénétré une cellule spéciale de la C.I.A. que personne ne connaissait. Il s'était fait citoyen américain, s'était marié avec une pétasse du Middle West, jouait aux courses et tout... En Guyane, il était représentant de commerce. Une grosse boîte américaine qui vendait des médicaments contre le paludisme.

Vers la fin, lorsqu'il est venu à Paris pour raconter ce qu'il savait au numéro douze, il me dit qu'il avait sans doute été repéré. Les Américains étaient sur ses traces. On est allés boire une bière. Il est mort une semaine après, lorsqu'il est retourné là-bas. Tu sais ce qu'il regrettait ? Les petites métisses du Surinam qui traversaient la frontière pour se faire baiser en Guyane ! C'était pas cher et elles étaient mineures ! Avec des corps très doux… Bon. Je t'écris ça, c'est pour que tu comprennes pourquoi je me planque. Karine est avec toi, tant mieux. Elle connaît un peu le boulot, mais attention, elle est imprudente, la Karine ! Elle a été retournée plusieurs fois. Maintenant, elle se guide à l'instinct. Mais ce n'est pas elle qui commande. Elle est surveillée. Je ne veux pas la revoir.

Tu sais, mon petit Jeannot, je l'ai retrouvée avec plaisir cette petite planète dont les locataires s'entre-tuent. Touchante, avec ses vieux fleuves, ses fonctionnaires, ses villes qui polluent, ses bordels. Mais inutile aussi. En tout cas pour l'équilibre général de l'univers. Elle ne sert à rien. Il faut imaginer que les humains la quittent, dis-

paraissent, ce qui – bien sûr – va se produire. Ils se feront foutre dehors par les tremblements de terre. Alors elle sera belle. Bleue et grise, lumineuse, avec ses lacs, ses forêts, ses saisons. Le ciel sera enfin intact, le froid, la chaleur, la douceur, la violence du vent, la mer auront le dernier mot… Il y aura des nuages, des buissons, des glaciers que personne ne pourra plus jamais voir. Et l'éphémère, la minuscule, la dérisoire espèce humaine n'emmerdera plus personne. Tu comprends, elle pense qu'après avoir inventé la Renaissance, Hölderlin et Jean Moulin, elle va s'en tirer. Mais se tirer de la barbarie, pour les hommes, c'est impossible.

Nous n'avons pas eu le temps de parler de tout cela. Lorsque j'étais à la Stasi, on ne parlait à personne. Avec toi, j'ai sorti de la boue des mots qui m'avaient été interdits. Tu sais ce que c'est un mot interdit ? Collé au fond de toi ? Des drôles de mots : liberté, désertion, transgression, dissidence, éclat de voix, stupeur. Profondeur ? Spiritualité ? Venise, les Lumières, monastères, prostitution, homosexualité ? Tous ces mots dans la boue !

C'est pourquoi je t'écris à la veille du moment où je ne pourrai plus écrire. La vieillesse n'est pas un naufrage, comme ils disent tous. Un naufrage c'est assez bref. On peut imaginer ça : c'est pas un drame. Il suffit d'ouvrir la bouche et d'avaler la mer. Mais la vieillesse c'est une catastrophe immobile. Il doit y avoir un démon des vieillards. Très lent dans la torture. Ça me fait penser à Stéphane là-bas, à qui j'ai confié cette lettre. Il reçoit beaucoup d'argent pour faire la poste restante. Il sait que s'il ouvre les lettres, s'il se fait un peu curieux, il est cuit. Alors, il transmet, il se tait. Il digère, prie, aime le silence parce que le silence le protège. En échange, l'argent vient à lui. Non pas pour lui… enfin… je crois… mais pour le monastère, pour que l'orthodoxie triomphe, pour que le grand Satan (le Pape) soit vaincu par la vraie foi, pour que les musulmans et toutes leurs conneries soient enfouis dans les enfers… C'est ça, Stéphane. C'est seulement ça. Tu te demandes sans doute comment je l'ai connu ? J'ai payé, c'est tout. Avec Stéphane, il faut toujours payer. Laura pense qu'il peut nous aider contre les intégristes. Elle dit : « Barbus contre barbus, c'est la règle ! » La liberté, J. and B., demain, elle sera imberbe, pas de poils, rien, portée par ceux qui auront fini de croire en Dieu. Voilà. C'est mon cas, moi, le Juif à retardement…

Tu te rends compte, il y a des gens qui disent

qu'ils ont mangé le corps de Dieu. Qu'ils ont bu son sang, comme l'ont fait, je crois, les Incas ! Est-ce qu'après ça, ils peuvent dormir ? Moi, je suis saint Peter, ni vierge ni martyr. Juste un homme avec ses doigts de pied, ses couilles, son bide ridicule, sa petite mémoire mal foutue.

Je sais que Karine t'a parlé du bouquin de Scheller. J'ai tout lu. Pas seulement le passage me concernant. Tout. L'histoire de ces enfants qui se mettaient en rang pour qu'on leur pique le cœur avec une seringue. Scheller, c'est un beau livre mais enfin... pourquoi il ne parle pas des enfants allemands qui jetaient des cailloux sur ceux qui allaient mourir ?

Quand tu te fais baiser par un Mongol à sept ans, quand tu te fais voler le seul morceau de pain infect qui sera ton seul repas de la journée, lorsque tu pleures tout seul la nuit parce que ton seul copain vient d'être fusillé... tu comprends que c'est pas les mots qui comptent, même pas les prières. Le dernier mot qui te reste, c'est SEUL, SEUL... Tu fermes ta gueule et tu te dis ça : quand je serai grand, je tuerai. Je les tuerai tous. Comme ça tout le monde sera seul.

Dans ce livre, quand j'ai lu le passage que Laura m'avait donné, cette histoire de gare, je me suis dit : au moins, celui-là il s'en est sorti, tant mieux pour lui… Elle me regardait, Laura. Elle pensait qu'il y aurait peut-être un déclic, un réflexe qui viendrait de très loin… Mais rien n'est venu sur le moment. J'avais dû lire sans comprendre… Alors elle m'a dit que cette femme-là, à cet endroit-là, ce jour-là, sur ce quai de gare, devant ce train, elle s'appelait Eva. Elle a insisté : « C'est ta deuxième mère, Pierre. Ta mère de Silésie. Ta mère d'adoption… C'est ta mère, Pierre. Celle dont tu te souviens. »

Tu peux pas savoir Jean, c'est cette dernière phrase, depuis, qui creuse un trou en moi. Un trou d'une profondeur que tu ne peux pas imaginer. Je m'y suis noyé. J'ai perdu tout ce que j'avais, et surtout cette pacotille qu'on vous accroche au cou : le travail, la famille, la patrie. Tu vois, ils ont tous dit ça : les nazis, les collabos, les communistes, les catholiques, les protestants, les Vikings, les Anglo-Saxons, les Chinois, le pape et le dalaï-lama, Mao Tsé-Toung et saint Augustin, les généraux et les plombiers, les paysans et les patrons…

Mais je vais te dire : au fond j'aime bien être un Juif. Comme j'aurais aimé être un vieux livre

Bien oublié, bien rangé. Silencieux dans son coin. Difficile à comprendre. Pas encore brûlé…

Tu imagines la gueule de mon « père » quand elle est revenue, Eva ? Peut-être, elle ne lui a pas dit la vérité. Qu'est-ce qu'ils ont pu raconter aux voisins ? Un orphelin, sans doute. Le fils d'un soldat allemand tué sur le front de l'Est ? Un héros ? On l'adopte pour sauver le Reich millénaire… A trois ans, est-ce qu'on a une gueule de Juif ? Ils m'ont peut-être laissé à la campagne, avec les grands-parents ? Jusqu'au retour à Berlin, l'apocalypse, les Russes aux fesses ?

Bon. De tout cela : aucune trace. Je n'ai pas vraiment existé, j'ai dû passer à travers les obus, la neige, les convois, les hurlements, comme un fantôme d'Allemand, plus allemand que les autres. Il fallait protéger la belle race aux yeux bleus, la sauver des Nègres, des Juifs, des Arabes, des francs-maçons… Un mensonge de plus, ce n'était rien...

Elle avait des preuves, Laura. Elle m'a dit qu'elle avait reçu le détail du trajet des convois de 1941. Il s'agissait de Juifs de Prague dans le train qui m'emmenait. Tu te souviens que nous avions décidé d'aller à Prague ? Le train a tourné autour de Breslau avant de monter vers le Nord, vers Kovno. C'est là qu'ils ont été fusillés, mes parents. Dans un fossé, m'a dit Laura…

Gentiment, posément, elle m'a donné des papiers, des documents, des dates. Les convois, ce n'était pas seulement de la fumée, pas seulement du bruit ou des cris, pas seulement des chiens lâchés sur toi, toutes sortes de choses qui disparaissent. Ils n'ont pas pu tout détruire. Il fallait bien des contrats, du charbon, des chefs de gare, des soldats. Il fallait bien des noms sur une liste, des numéros, des fiches d'expédition. Je t'en envoie deux mille et tu me renvoies le train vide. Vide, tu comprends ?

Dis, Jean : est-ce qu'on peut avoir deux mères ? Est-ce qu'on peut avoir deux pères, un qui tient les cheveux des condamnés à mort et un autre, le vrai, qui prie dans une synagogue avec ses papillotes, dans ce mouvement de balancier qui fait, du haut du corps, une passerelle un peu branlante ? Un corps qui brûle ensuite comme du vieux bois… D'un côté un corps qui est de la race des seigneurs et de l'autre côté un corps qui est celui d'un sous-homme, d'un Untermensch *?*

Maintenant il y a ce cancer qui me bouffe. Est-ce qu'un cancer de Juif, c'est différent ? Est-ce qu'il y a des cancers pour les aryens et d'autres pour les sémites ?

Tu vois, je raconte n'importe quoi. Tu es le dernier à qui je puisse dire tout ça. Et puis, il y a Laura. Même boulot que nous. Enfin, plus cool. Elle renseigne : c'est du papier, des télégrammes, du cryptage, encore des mots. Moi je ne fais que la regarder. C'est une rivière. Je ne me suis jamais baigné non plus. Aimer quelqu'un, c'est un luxe que je n'ai pas les moyens de m'offrir. C'est comme toi. Qu'est-ce qui te reste de la vie ? Des trous noirs, des photos, des bouts de papiers ? Ta mère, une petite pute... Ton père qui va se faire trouer la peau, en Asie. Pour rien. Et toi, avec ta gueule de silencieux qui reste à regarder passer les paroles des autres. Tu crois que c'est bien, ça ?

Nous avons trop couché avec le mal. Il y a des gens qui croient au mal comme à une sorte de nuit provisoire. Après, le matin devrait être lumineux. Moi, je crois qu'il n'y a pas de matin.

Je t'écris cette lettre en espérant que tu pourras rejoindre Stéphane. Je sais que tu partiras de cet hôpital. Je sais que tu es plus fort qu'eux et qu'ils ne t'auront pas. Karine, si elle peut t'aider, c'est un peu comme si elle m'aidait moi. Mais ne pars pas avec elle. Elle doit mener sa vie maintenant, ce qui reste. Il faut qu'elle fasse attention. Elle a pris trop de risques…

Il n'y a pas d'autre monde, Jean. Il n'y a que celui-ci. Et en plus c'est une coquille pourrie. Elle a été laissée là, abandonnée par un salaud, un assassin, comme nous, mais il n'a pas de visage. Si c'est Dieu, si c'est le temps, si c'est le silence, je n'en sais rien. On le verra bien assez tôt…

Je t'ennuie sans doute avec mes histoires… Je vais te quitter. Lorsque je serai parti, si tu retrouves Laura, tu pourras lui faire confiance.

Salut, mon camarade.

Peter. »

Il y avait un petit mot ajouté après la signature :

« *N.B : Bien entendu, Jean, il ne faut pas se donner en spectacle. Toi aussi tu feras comme les éléphants : personne ne les a jamais vus mourir. Je veux dire : de mort naturelle…* »

*

J'ai conservé cette lettre. Je l'ai relue mille fois, essayant d'attraper chacun des mots. Mais ils couraient devant moi, s'enfuyaient... J'ai abandonné. Le vieux Peter non plus n'arrivait pas à les retenir.

A l'intérieur de la caravane, mes vêtements sont défaits, mon sac de sport ouvert. Je suis un clochard, et j'ai une vraie tendresse pour les objets qui m'entourent. Mais je n'en ai aucune pour les humains. A côté de moi les Hollandais s'agitent. Ils ont une peau écarlate qui les fait rire. Ils se comparent, s'examinent : le ventre, les bras, les cuisses. Toute la journée sur la plage et il reste ça : une couleur de brique, collée à la peau. Ils sont là, avec cette chaleur, avec du temps perdu dans leurs mains, l'air chancelant, et cet écrasement du ciel qui les oblige à boire.

*

Départ pour Marseille. Autocar de luxe, climatisé... Un film au-dessus de la cabine du chauffeur. Une histoire de casino, de roulettes. Une petite mafia d'opérette. L'écran, que tous les passagers regardent, nous isole du monde, s'oppose aux pierres, aux arbres, aux maisons, à la couleur du ciel, aux passants dans les rues des villages que nous traversons… Rien n'est réel : ni ce convoi d'humains hétéroclites, ni ce film de boiseries, de tapis verts, de dollars, de mains avides et de regards truqués. Tous ceux qui m'entourent ont une vie souterraine, invisible, au-delà de toute atteinte, ou peut-être en deçà, simplement dépassée par la hâte, la fébrilité, leur désir inconscient de basculer dans le vide.

*

J'arrive à Marseille. J'ai l'impression d'être une tache noire et insolite dans une ville multicolore. Pas de crainte pourtant. Je ne me sens pas suivi. Je marche. Il me faut voir la mer, sa dimension, sa liberté. Besoin de la mer, besoin de me laver en elle, besoin de son odeur tiède, de son mouvement parfois déchiré sur les rochers. Je descends vers le Vieux-Port. Il y aura du monde, sans doute. J'ai toujours deviné que la foule me cachait mieux que n'importe quelle retraite. Son indifférence me rassure, je veux m'y enfoncer, être un passant anonyme. Juste là, comme les autres.

Pour moi, pour tous ceux qui errent et disparaissent, la foule est une compagne fidèle. Elle l'est autant que la montagne, le village abandonné, la forêt, le désert, la chambre vide. Elle recouvre et camoufle avec ses corps multipliés, ses piétinements, sa masse mouvante, elle protège, par une sorte de convention informulée, l'homme seul.

Les familles, les paquets, les voitures, les magasins, tous ces croisements de pas, de passages, fabriquent un paysage qui oscille, se déplace, coule en petits fleuves de vêtements, disparaît, renaît un peu plus loin et se dissout sans cesse.

*

Et voilà ce qui s'est passé à Marseille : elle était dans la vitrine. Image étrange : il y avait les mannequins, jeunes filles, femmes, figées dans des corps de cire ou de plastique, immobiles, sur le point de s'élancer, de marcher vers moi, minces, légères, aux poignets prêts à se casser, jambes fines et blanches, regards perdus vers le lointain de la rue, attentives cependant, silencieuses dans leur mouvement interrompu, vêtues de jupes d'été, de chemisiers à peine posés sur des épaules dénudées, laissant entrevoir le début des seins, petits, tendus (l'une d'entre elles cependant, sans aucun vêtement, avec des articulations aux épaules, à la jonction des jambes et de la hanche, articulations qui ne pouvaient être complètement camouflées, mécanismes internes de tiges, de rivets, de ressorts, le temps avait sans doute manqué pour l'habiller, la proposer aux yeux des passants, aguichante, frigide, désinvolte) des mannequins donc, dans une rue de Marseille.

Je devais partir le soir même. Il me restait plusieurs heures à attendre avant d'embarquer. Le cargo faisait le trajet Marseille-Gênes-Naples-Trieste une fois par mois. Je voulais revoir Peter et il me semblait que sa mort à venir était là, quelque part entre Trieste, Venise et Milan, quelque part dans cette Italie du Nord, autrichienne et latine, dont Laura explorait la complexité.

La femme en plastique me plaisait. Elle regardait au loin et j'imaginais les vêtements qu'on devait lui proposer, puis lui enlever. Je n'avais pas touché une femme depuis des mois. Mon sexe était lourd en permanence et j'avais décidé d'aller au bordel avant le bateau...

Ce mannequin, à condition qu'il bouge, qu'il me caresse, à condition qu'il me sourie, alors je saurais le quitter, partir, laisser la France, me perdre en Europe, cette adolescente à peine construite, sans véritables frontières, avec sa peau si douce, ses vieux quartiers, ses églises et ses nonchalances. Je saurais retrouver Peter, l'aider au moment même où il comprendrait que c'est fini, que sa vie de meurtrier et de victime basculait vers une terre silencieuse. Une terre qui vous mange le corps, absorbe le regard et les mains...

Brusquement j'ai vu son visage. Dans la vitre. Un reflet à la place du mannequin, le cachant en partie, se superposant à lui, s'imprimant sur l'écran de verre comme une image que l'on projette, dont on sait qu'elle va disparaître, dont on aime le caractère fugitif, éphémère, elle était là, derrière moi. Je l'ai aussitôt reconnue. Elle souriait.

C'était bien sa voix : « Je m'appelle Nathalie. » Elle aurait pu dire : la terre va trembler. Elle aurait pu dire : je vais te tuer. Ou bien encore : tire-toi. J'aurais compris. Un ange de la mort, j'aurais compris. Une sorte de manifestation du destin comme il me semblait que les tragédies grecques les faisaient apparaître…

Ce qui me parut le plus étrange, je veux dire étranger à la rue elle-même, à ma vie, à la recherche de Peter, à mon inquiétude, c'est que j'avais perdu la mémoire de son visage. Elle s'était éloignée, N., dans un passé peuplé seulement d'ombres mortes que personne ne pourrait faire revivre. Il y avait cette initiale – N. – que, par commodité, j'avais posée sur elle. Une haine, oui, inscrite parmi tant d'autres dans mon répertoire secret…

« Je m'appelle Nathalie. » Il m'a semblé que la vitre s'était brisée. La rue l'avait envahie. Le mannequin dénudé cédait la place à une femme réelle, à la lumière du jour, au bruit de la ville, à tout ce que, depuis cet instant, j'avais cessé d'entendre et de voir. C'était comme si les vêtements des autres femmes en plastique s'étaient mis à flotter : une brise, un vent léger venait, dans cette fin de journée, déranger l'ordre immobile de l'été.

*

Je me retourne lentement. Elle est là, les bras le long du corps, les yeux fixes. Deux Arabes, sur l'autre trottoir, discutent. Je n'entends pas leurs paroles. Une voiture glisse devant nous. Le conducteur nous regarde puis continue sa route. Ensuite c'est un scooter, avec deux jeunes gens poussant des cris incompréhensibles. Puis plus rien.

Il semblait que la rue eût été fermée, qu'elle fût devenue une scène de théâtre, avec les deux Arabes qui maintenant se détournaient de nous, traversaient la chaussée, s'éloignant en diagonale.

J'ai dit : « Venez, on va marcher. »

La rue descendait légèrement vers le Vieux-Port. J'ai encore dit : « Oui, on peut marcher, après tout… » Elle a répété simplement : « Après tout… »

Je me suis aperçu que je portais mon sac en bandoulière, ce qui nous éloignait un peu, nous donnait l'air d'un couple qui serait allé faire quelques courses, le soir, dans un magasin encore ouvert, qui rentrerait chez lui, ferait peut-être l'amour, ou alors, bougon, peut-être déjà séparé, ou n'ayant plus rien à se dire, passerait une soirée maussade, chacun se souvenant d'autres moments avec un autre partenaire, avec des caresses, des rires, des frôlements, ou peut-être encore un marin qui aurait trouvé une fille pour la nuit, beaucoup plus jeune, assez élégante sans doute, mais exigeant beaucoup d'argent pour ces quelques heures avant le départ du bateau.

Elle était légère, la blonde. Je pensais à une flèche qui m'aurait rejoint dans ma fuite. La flèche d'un archer énigmatique et précis. La ville, elle, pesait de tout son poids sur moi, sur ces minutes qui pouvaient porter mon errance un peu plus loin, qui surtout pouvaient y mettre un terme et reconstruire ma prison.

Nathalie. Je répétais ce prénom comme on tâte un caillou, un morceau de bois, dans sa poche, avant de le jeter. Je me gardais bien de le trouver définitif, peu surpris au fond d'y voir une collusion, une ressemblance avec ma haine à moi, l'évidence qui m'habitait de ce qu'il y avait de négatif dans ce visage de fille.

Les hostilités ont commencé rapidement.

« Moi aussi, je prends le bateau, dit-elle. Le même. J'ai déposé une valise dans ma cabine. »

Nous n'étions pas encore assis au bord de la

rue, en face du Vieux-Port. Je me sentais terriblement fatigué et sans doute trop vieux pour affronter le regard des consommateurs déjà installés. Les hommes la regardaient comme on le fait dans le Midi, et sans doute un peu partout dans le monde. Ils enlèvent la jupe avec leurs yeux, puis le chemisier, ils se fixent sur la taille, les épaules, les seins, jaugent, jugent, évaluent puis ensuite, d'un air un peu dégoûté, font un diagnostic sur l'homme, le mari, l'amant, le marin… Si l'écart est trop grand entre les deux personnes du couple, si l'âge de l'homme ne lui donne aucun droit sur la femelle qui l'accompagne, une gazelle prisonnière ou alors une chatte, ou encore ces longues chiennes tenues en laisse par quelque domestique idiot et fier, ils évaluent l'écart en argent, sachant bien, devinant, aimant croire qu'il faut payer très cher pour posséder – ne serait-ce qu'un instant – ce luxe ondulant, nonchalant qu'on appelle habituellement une belle femme.

Heureusement, il y avait une petite table, un peu à l'écart. Je m'y suis assis d'autorité, avant elle, oubliant dans la rage qui m'habitait les moindres considérations de galanterie, dont il est vrai, je n'avais jamais eu l'occasion de faire grand usage.

Donc elle prenait le même bateau. Ainsi m'avait-elle (ou quelqu'un l'avait fait pour elle) suivi, pisté et dépisté, épié, observé, accompagné jusqu'ici… Ainsi ma liberté n'avait-elle été qu'un instant illusoire, comme tout le reste de ma vie d'ailleurs, un moment d'ivresse que l'on accorde, goguenard, à un homme qui ne boit pas et que l'on observe, titubant, en se gardant bien soi-même de toucher au moindre verre.

Elle s'est baissée pour s'asseoir, pliant un court instant sa jupe sous les cuisses, ses cheveux blonds couvrant le visage, les seins bronzés laissés, plus exactement livrés, une fraction de seconde à mon regard, et puis de nouveau me scrutant, comme après un exploit sportif on examine le visage de son rival, on tente de savoir comment il a résisté, traversé l'épreuve, comment il s'en est tiré. Mes yeux, mes lèvres, mes joues mal rasées, ma tignasse en broussaille, elle passait d'un endroit à l'autre pour un inventaire qui se voulait à la fois bref et exhaustif. Un peu déplaisant à mon goût. Un long silence. Et puis ma première salve :

— Quand vous m'avez retrouvé, dans cette rue, devant cette vitrine, je me préparais à aller au bordel.

Puis, après un moment de silence :

— Si vous voulez le savoir.

— Ça c'est votre problème. J'ai toujours pensé que le sexe des hommes, c'était une machine assez rustique. J'imagine qu'à l'hôpital vous vous êtes beaucoup masturbé… Il n'est pas sûr que vous ayez vraiment quitté la cour de récréation ou les pissotières de votre collège.

J'étais devant une accélération de la guerre, une reprise du feu. Des tirs croisés. C'était encore assez confus. Pas d'avantage décisif mais une certitude : il n'y aurait pas d'armistice. Elle reprit :

— Vous savez, je n'ai pas l'intention de coucher avec vous. Je prends le bateau simplement. S'il se trouve que nous prenons le même c'est peut-être que nous cherchons la même personne.

Maintenant elle me vouvoyait. Le « tire-toi » du début avait gagné en civilité. Ambulance. Tentative dérisoire pour aller chercher le blessé. Réplique d'artillerie :

— Il y a mille façons d'aller à Trieste. Des centaines de jours différents, des milliers d'heures dans ces jours, toutes sortes d'itinéraires... Nous n'étions pas obligés d'être ensemble. Pour ma part, j'aurais préféré faire le voyage seul.

Calme plat. Une sorte de « halte au feu ».

— Qu'est-ce que vous aimeriez boire ?

C'était moi qui parlais. Je m'en suis étonné : après tout, elle s'était invitée dans ma fuite, elle semblait s'y installer. Au moins pouvait-elle prendre à sa charge les vivres et le couvert... Mais je reprenais l'initiative.

*

Sur le bateau, peu de risques. Je la vois mal me balancer dans la mer. Probablement est-elle armée. Mais moi aussi.

Son visage fouetté par le vent, regard perdu. Désir confus, agressif. La nuit est là, posée sur les remous du sillage. Calanques blanches. Des lumières de temps à autre, sur le littoral, puis éloignement, la mer seule, dans mon désir. Le cargo tremble un peu, en profondeur. A vrai dire, il y a seulement un mélange d'eau et de nuit que le bateau ne sépare pas, qu'au contraire il assemble indistinctement, y joignant son propre bruit, brassant des reflets sombres, les éloignant, indifférent à cette épaisseur du temps dans laquelle nous sommes enfouis.

Dix jours. Des escales interminables, une lenteur de vieille bête. Seulement quatre cabines à deux couchettes. Celles de l'équipage sont situées sur le pont inférieur. C'est un face-à-face qu'elle a voulu, que je redoute, un voyage étrange aux côtés d'un couple de jeunes Danois qu'accompagne en permanence une forte odeur de haschich. La dernière cabine : vide, fermée à clef. On mange avec l'équipage qui ne comprend pas ce que nous faisons là, tous les deux, ou plutôt qui essaie de comprendre ce qu'il peut y avoir de commun entre ces deux personnes qui se fuient, se retrouvent, se parlent, se séparent sans un mot, ne dorment pas ensemble, partagent, appuyées contre les conteneurs, des silences incompréhensibles.

Ce n'est qu'au soir du deuxième jour qu'elle me parle de la scène du boulevard Malesherbes :

« Tu avais été repéré. L'assassinat d'Idric t'était imputé par les nationalistes de Belgrade. Tout était prévu pour que, dans l'ascenseur, entre l'étage des arrivées et celui où t'attendait la voiture du service, tu n'aies plus que ta gorge pour pleurer. Une gorge ouverte, pissant le sang, comme ils savent le faire là-bas. Nous avons empêché cela et au cours du trajet vers Paris, tu as été endormi. C'était une précaution. Puis tu as été évacué par le service dans un faux taxi. Nous étions pourchassés et nous avons réussi à semer les petits voyous serbes qui suivaient la première voiture. Je t'ai récupéré boulevard Malesherbes. C'était notre lieu de rencontre avec ton chauffeur, un Vietnamien qui travaille pour nous. C'est à ce moment-là que j'ai découvert ta lenteur, ton indifférence. Ensuite je t'ai revu dans une réunion du numéro douze. Je savais que tu me suivais quand la réunion s'est terminée. C'était un peu bête. Tu as agi comme tous les autres hommes avec moi. Comme un gamin. »

Je ne te poserai pas de question, N. Il faudra d'abord que tu te dévoiles. Il faudra bien que tu dises qui tu es : fille de cocktails ? ange blond ? pute de casino ? mante religieuse à visage de jeune vierge ? la Nathalie de Marseille ou de la Madeleine ? Il faudra bien que tu perdes ce mélange d'assurance et de fragilité qui me désarme.

Quelques cloisons de fer dans ce bateau nous séparent et ma porte verrouillée ne me protège de rien, ni de toi, ni de cette histoire que je traîne au milieu de la mer, au milieu de moi, sans la comprendre.

*

Troisième jour. L'escale de Gênes me semble durer des siècles. Il fait lourd, le cargo attend au large dans une immobilité blanche, cloué sur la mer, attaché par le fond à ce qui n'est plus ni le ciel ni la terre mais un enfer brûlant que la nuit même n'arrive pas à calmer. Ma couchette est trempée, l'eau coule de moi sans cesse. Dans les coursives s'installe une odeur de sueur, d'alcool et de cuisine. Nathalie s'est enfermée sous le poids de la chaleur, elle n'est plus sans doute qu'une petite femme écrasée, là-bas, à quelques mètres, haletant, se retournant, cherchant les mots que, demain, lorsque le vent viendra, elle posera entre nous pour se protéger, pour me punir.

Le commandant m'apporte le whisky, un

Dewar's, que je lui avais demandé. Je frappe à la porte de Nathalie, la bouteille à la main. Face à face, chacun assis sur une couchette, nous buvons. Elle me parle de Laura :

— Tu sais qu'elle ne l'appelle pas Peter ?

— Je m'en fous.

— Non, mais c'est important. Elle l'appelle Pierre. C'est drôle, non ? Laura a juré un jour qu'elle ne prononcerait jamais un seul mot d'allemand.

— Bon, pourquoi pas.

Nous devons repartir le surlendemain à l'aube. Je ne sais toujours pas comment elle peut connaître tous ces détails mais il semblerait que chaque jour elle veuille en ajouter, tisser une petite toile impressionniste, me dessiner, moi, à l'intérieur, esquisser la silhouette des autres, organiser cette vie dans laquelle nous sommes empêtrés, faire croire qu'elle peut lui donner un sens. Ce qui m'habite peu à peu est bizarre, une odeur écœurante et froide : si le mépris de soi avait une odeur ce serait celle -là.

*

Quatrième jour. Nous descendons à Gênes. En ville. J'ai envie d'écrire : « Rien à signaler ». Seulement ceci : elle me confie que, dans la Stasi, Peter-Pierre était chargé des « accidents de voiture ». Il en avait préparé quelques-uns en Pologne, en Hongrie, avec les services concernés. Des intellectuels, des dissidents avaient ainsi disparu. Sans trop de tapage, paraît-il. C'était un chef, Peter. Il savait même trouver des cadavres d'inconnus, des mendiants, des laissés-pour-compte. On les enterrait publiquement, à la place de ses vraies victimes. Un excellent agent…

*

Cinquième jour. Naples. Le port pue le gasoil, le goudron, la corruption. Nous avons toute la nuit. Je lui propose d'aller à l'hôtel. Avec deux chambres ? Oui, avec deux chambres, naturellement. Elle me donne rendez-vous dans un bar et disparaît pendant plusieurs heures.

— Tu es française ?

Elle rit.

— Oui, bien sûr.

C'était ma première question, je regrettai aussitôt de l'avoir posée. Mais elle saisit l'occasion :

— Ma fonction au numéro douze, c'était de coucher.

Je regarde ses seins :

— Bon, tu as les qualités pour ça.

— Pauvre type !

— Ce doit être un bon boulot. Il n'y a pas beaucoup de risque.

— Peut-être, mais c'est franchement dégueulasse.

Un petit tremblement des lèvres. Plus fragile que je ne le pensais, la fille. Silence.

— Tu ne sais pas ce que c'est, la sueur d'un type sur ton ventre. Son haleine, ses poils. Les chaussettes qui traînent. Le ronflement après…

— Non.

C'était tout. On a bu et chacun est retourné dans sa cabine.

*

Fin du voyage. Un arrêt de deux jours à Brindisi, puis Trieste. Elle ne dit plus rien, s'est enfermée. Silence de petite fille, méchante, boudeuse, les sourcils bornés par un pli permanent, les yeux qui se détournent. Et moi des heures entières avec cette faim que j'ai toujours devant la mer. Tout ce liquide en moi enfermé – sang, sperme, salive, larmes – dans la nuit de mon corps, appelé par la lumière et le mouvement des vagues. Et cette liberté nouvelle qui ne sait prendre aucun nom connu…

*

J'essaie de ne pas trop la regarder. Fille de luxe ? Non. Même pas de film ou de roman de gare. Plutôt pensionnaire de collège religieux, la puérilité dans les yeux, le plaisir de sourire, la révérence que j'imagine devant un évêque ou un préfet… Comment accepter cette pudeur alors que je la vois dans mes rêves séduire, attirer, alors que je l'imagine se dévêtir devant des hommes pour les faire parler, accomplir les gestes faux de l'amour ? Comment lire, et à travers quelles références, ce visage qui va de la nonchalance à la dureté, de la brusquerie à la paresse, avec toujours ces éclairs de violence, ces toutes petites tempêtes qui traversent la couleur mouvante de ses yeux ?

*

Aujourd'hui, au San Marco, à Trieste, j'ai droit à la femme-enfant. Maussade au début, silencieuse, puis soudain éclatant de rire devant le passage d'un Ecossais excentrique, avec son kilt, ses hautes chaussettes à pompon, sa trogne écarlate… De la publicité ambulante pour un whisky ; animal de foire, vestige égaré, joueur de cornemuse, menhir pédestre, piéton incongru, supporter de matchs de foot, provocateur ? Elle n'a pas pu se retenir, a mis sa main devant les yeux. Son rire avait une allure de récréation, de bal de fin d'année, il éclatait d'une innocence absolue. Elle s'est penchée sur la petite table ronde en marbre pour tenter de cacher son visage, a renversé le café. Sans doute pour me faire partager son hilarité elle a posé sa main sur moi. C'est alors que j'ai caressé ses cheveux, je ne pouvais plus tenir : j'ai mêlé mon désir à cette lumière qui couvrait sa nuque. Et j'ai joui ! Explosion, ivresse trop longtemps retenue, déflagration du sexe, du corps tout entier, tremblement de tout mon être, j'ai joui comme un enfant, lorsque c'est la première fois.

Elle a deviné peut-être, a incliné sa tête vers mon épaule. Nous sommes restés là, interdits, imbéciles, silencieux et tremblants, regardant la place devant nous, sa chaleur, l'ombre où se glissaient les passants, moi inondé, perdu, cela faisait trop longtemps, effrayé.

*

Il y eut le soir et nous ne savions pas où aller. Au milieu de nous : des mots installés à distance, des banalités, une façon de ne pas jouer à la fable navrante des amoureux. Des moments de rancune aussi. Cela faisait comme un livre, dont le récit se serait brisé, le sens ayant disparu avec le temps.

Elle me parlait de Karine. Nous étions assis sur un petit muret de pierres, loin au-dessus de la ville, une sorte de faubourg avec ses garages clairsemés, ses maisons basses, des terrains vagues, des petits amoncellements d'ordures, des chats, on pouvait voir la mer au loin, les lumières des bateaux, l'air pollué orange, les nuages de chaleur menaçant l'horizon. J'étais irrité, encombré par cette étrange journée, ne sachant trop que faire de mes bras depuis qu'ils avaient connu cet abandon de cheveux, attentif aux petites plaques de goudron dans quoi la route se dégradait, à mes chaussures poussiéreuses, à ce liquide séché, collé, qui s'était déposé sur ma peau, à ma vie qui de la même manière se trouvait collée à moi, comme ajoutée, superflue, incompréhensible.

*

Nathalie regardait devant elle, dans le vide, en me parlant :

« Karine, celle que tu appelais Puppy, on avait compris au numéro douze, qu'elle était trop indulgente avec toi. Tu as eu de la chance. Elle allait être virée ou déplacée. C'était une question de jours. Elle avait dû le deviner et c'est pourquoi elle t'a laissé partir. Le soir de ton départ, elle s'est suicidée. Enfin, c'est ce qui a été dit. Je ne pense pas que ce soit vrai. Son corps était allongé dans sa maison de l'hôpital. Il y avait de la cendre dans la cheminée, des lettres carbonisées encore chaudes, un pot de médicaments à côté de la main. Il faut que tu saches que Karine était un agent allemand qui avait manqué à son devoir lors de l'affaire des jeux Olympiques à Munich. C'est pourquoi, après avoir été mise à l'écart en Allemagne, les Français l'ont récupérée. Elle a connu Peter dans le service mais tout le monde se méfiait d'elle. C'est Peter qui l'avait aidée à refaire surface. Elle s'était fait prendre à Bucarest avec un faux passeport roumain. Elle était infiltrée dans un réseau maffieux et c'est Peter qui a réussi à la sauver. C'est lui qui a négocié avec les truands. C'est lui qui l'a ramenée en France. Elle lui doit tout. Et certainement la vie.

Karine-Puppy, enfin madame Eltenberger, était présente lors de la tuerie de Munich, l'opération des terroristes de Septembre noir. Elle était très jeune. C'était en 1972. Lorsque je suis rentrée dans le service, plusieurs années plus tard, c'est un des exemples que l'on nous donnait. L'exemple de ce qu'il ne fallait pas faire !

Le groupe terroriste avait capturé les athlètes de la délégation israélienne à Munich. La police allemande a été nulle. Et Karine appartenait à la cellule de protection des athlètes. Elle était au 31 de la Connollystrasse – le lieu d'hébergement des sportifs – le jour où ça s'est passé. Elle s'est enfermée dans les toilettes parce qu'elle a eu peur. Les Allemands ont fait n'importe quoi. Quand les otages ont été transférés sur l'aérodrome militaire de Fürstenfeldbruck, la police de Munich n'avait mis en place que cinq tireurs d'élite. Les terroristes étaient huit ! Dans l'avion de la Lufthansa qui devait les emmener, il y avait dix-sept officiers cachés. Ils ont voté et ils ont pris la décision de partir parce que, eux aussi, ils avaient peur ! Ça a été un gâchis incroyable. Tout le monde est mort sauf trois Palestiniens qui ont survécu. Mais pour peu de temps.

Les vidéos de la fusillade ont été volées. On ne les a jamais retrouvées, et le gouvernement allemand s'est refusé à toute information sur le déroulement de l'opération.

Golda Meir était Premier ministre israélien à ce moment-là. Elle a ordonné la création d'un commando des services spéciaux chargé de tuer tous les Palestiniens qui de près ou de loin avaient participé à la prise d'otages. Il a fallu plusieurs années, mais cela a été fait.

Lorsque j'ai su que l'on avait trouvé le cadavre de Karine, je ne voulais pas te le dire tout de suite, mais ce matin, au café, je ne sais pas exactement, j'ai voulu me libérer, j'en avais assez de ces corps d'hommes que l'on m'avait imposé de caresser, mais le tien était si fragile, si perdu et cet Ecossais grotesque… la vie d'un seul coup c'était du théâtre… Ce type était tellement drôle ! Lorsqu'on a déposé ton sac, derrière le comptoir du café San Marco, lorsque nous avons pris ce taxi sans aucune destination précise, lorsque nous avons tourné autour de la ville sans vouloir même nous arrêter… »

Elle avait du mal à finir sa phrase et moi, je ne l'écoutais plus. Puppy dans sa mort, au milieu de lettres brûlées, je la voyais bien. Nathalie hésitait, butait sur les mots, les remplaçait par d'autres qui aussitôt s'effaçaient, se perdaient, accomplissaient leur propre disparition à la manière de ces insectes dont la carapace translucide témoigne d'une vie passée, abandonnée.

Où avais-je vécu toutes ces années, sur quelle planète ?

Nous sommes redescendus en ville. A l'hôtel, nous avons chacun fermé ostensiblement la porte de notre chambre sans même nous dire bonsoir. Pour moi, c'était avec une forme de rage, à la limite du mépris. Pourtant, dans la chambre, le dos contre la cloison, je me suis surpris à murmurer son prénom en imaginant, à quelques mètres seulement, ce corps tiède de jeune femme. C'était ce mot que je cherchais, le mot tiède qui, ce soir-là, voulait dire l'autre, la chaleur de l'autre.

Et puis, dans ma tête, la répétition constante des trois syllabes, comme des notes de musique : Nathalie, un mot qu'elle prononçait indéfiniment devant la vitrine de Marseille jusqu'à ce que disparaisse en moi, noyée dans la nuit, toute conscience de cette journée. Je m'appelle Nathalie…

*

Elle seule connaissait le lieu où il fallait aller. Mais la source de ses informations était totalement obscure. Je ne comprenais rien à cette rencontre. Avait-elle voulu coucher avec moi comme elle l'avait fait avec des présidents africains, des ministres français, des agents de toutes sortes de services ? Etais-je un jouet de plus dans sa vie ? Ce qui m'importait, c'était de retrouver Peter et elle poursuivait le même but. A l'évidence, elle en savait, sur le sujet, beaucoup plus que moi. Le moment venu, il y aurait entre elle et moi un tissu de mensonges qui se déchirerait. Alors l'une de nos vies cesserait d'être utile. Ou simplement réelle.

C'était elle qui conduisait. Il n'y avait aucune règle dans cette fugue. Aucune des contraintes que l'on nous imposait habituellement n'était respectée. Elle avait loué une petite voiture rouge, une de ces innombrables Fiat dont on ne sait jamais quel est le nom – Largo, Punto, Precioso ? –, semblables à toutes les autres et nous ressemblions, nous aussi, comme une caricature, à n'importe quel couple en week-end sur la Côte d'Azur. Avec les mêmes silences et les mêmes mensonges. Elle avait mis des écouteurs sur ses cheveux et fredonnait des airs de *Road to Freedom* des Young Disciples. Ça tombait bien…

*

Milieu de la journée. Nous déjeunons dans une de ces auberges de bord de route, indéfinissable. On aurait pu la baptiser désolation, un mot qu'il aurait fallu coller, comme une mise en garde, à chacune des vitres salies par la fumée, les gaz d'échappement, le laisser-aller. Le vin italien commençant à faire ses effets, elle se mit à parler sans retenue.

Elle avait détesté son père et depuis le souvenir qui lui restait du jeune garagiste, elle sentait en permanence peser sur elle le corps des hommes. Cet homme-là, son premier amant, elle l'avait néanmoins accepté, caressé, aimé pour son odeur. Pour le lien qu'il faisait avec le monde : celui du commerce, du travail bien fait. C'était une vie banale et relativement joyeuse. Elle était encore mineure. Partie avec lui pour les vacances d'été, l'ennui s'était installé aussitôt en elle. L'oisiveté les éloignait l'un de l'autre. Quelques mois après leur retour à Paris, pour essayer une voiture, il s'est engouffré dans un tunnel des boulevards extérieurs. La police a parlé de vitesse excessive, à vrai dire : folle. A l'intérieur du véhicule disloqué, il vivait encore. Défiguré, cassé, sans regard ni voix. Il était devenu tétraplégique. Elle l'a quitté.

Lorsqu'elle a commencé à « servir » au numéro douze, on l'a testée sur des agents étrangers. Elle les rencontrait, leur donnait des informations sans intérêt. Ça n'a pas toujours marché car elle était trop belle : on se méfiait… Ils avaient, chez eux, le même genre d'agent...

Puis elle était montée en grade. Appliquée, sérieuse, elle couchait avec ceux qu'on lui désignait, prenait des photos, acceptait des confidences. Le dégoût qu'elle avait pour les hommes ne se voyait pas. Elle me dit qu'elle avait eu quelques expériences féminines mais que c'était encore pire.

En quelques années, elle était devenue importante dans l'organisation du numéro douze. Elle voyageait beaucoup. On la consultait, elle donnait son avis sur les cibles. Elle était considérée, disait-elle, comme « dure, solide ».

La guerre en Yougoslavie l'avait intéressée. Les femmes et l'argent constituaient l'une des trames cachées du conflit. La religion n'était pour elle qu'un aspect secondaire du déchirement dans les Balkans.

Elle avait enquêté sur les trafics de jeunes filles albanaises, avait partagé – sur ordre – la vie d'un proxénète. Il s'agissait de démanteler les filières qui s'organisaient à destination de Paris, de Londres, de Berlin. L'homme, qui était aussi un gros bonnet de la drogue, avait été arrêté par la police au moment même où il s'éveillait, Nathalie à ses côtés. C'était un garçon de Tetovo, une ville au nord de l'ancienne République yougoslave de Macédoine. Maintenant, il était en prison à Skopje. C'était une grosse prise et Nathalie avait été félicitée. Elle savait que s'il était relâché, elle aurait des difficultés pour survivre…

Elle disait tout cela d'une voix un peu pâteuse mais toujours indifférente, comme s'il s'agissait du parcours d'une autre femme…

Je lui demandai d'arrêter de boire. Autour de nous, les regards devenaient insistants. Le brouhaha de la salle empêchant qu'on nous écoute, elle continua, plus lentement, en écolière appliquée :

« C'est moi qui avais été chargée de superviser l'opération de Pale, l'élimination de Karadzic et de Mladic. J'avais suggéré le nom de Peter pour t'accompagner. Un agent très sûr, très professionnel. Depuis quelques mois, vos relations, votre amitié – je ne sais pas comment il faut dire – étaient surveillées par le service. Tu étais suivi pratiquement chaque jour.

Je connaissais Peter depuis longtemps. On pouvait compter sur lui pour que tu n'aies pas trop de problèmes. Mais les armes que l'on vous avait données ne correspondaient pas à la mission. Je l'avais dit mais personne n'en a tenu compte.

J'étais à Sarajevo en même temps que toi. J'ai prévenu le service que Peter ne t'accompagnait pas, qu'il n'était jamais arrivé à l'Hôtel des Partisans. Mais déjà, à ce moment-là, les Serbes avaient été informés de ta présence, de la nature de ta mission. Je pense que Wilhelm a joué totalement contre nous. Je vais t'en donner la preuve dans un instant.

J'ai ensuite, après votre échec, été chargée de te récupérer. C'est ce qui s'est passé place de la Madeleine, devant Fauchon. Tu vois, tout cela est simple…

Après il y a eu l'hôpital. On avait placé Karine auprès de toi. Si jamais Peter se manifestait, il y avait une petite chance pour que cela passe par elle.

La surprise, pour nous, ce fut Laura. Nous n'avions pas réussi, au début, à savoir d'où elle venait, qui elle était. Elle a troublé le jeu. Et surtout elle a commis une imprudence. En utilisant Karine, elle t'a envoyé le livre de Scheller. C'est une faute professionnelle, tu comprends… Karine s'est servie du livre. C'était un appât pour te faire connaître un peu mieux l'histoire de Peter. Pour t'attirer vers lui. Une grosse sentimentale, Karine. Un peu bête aussi. On allait la remplacer lorsque tu t'es enfui.

Entre-temps nous avons su où était Laura.

Nous avons compris qu'elle travaillait pour le Mossad. Il suffisait de t'emmener jusqu'à elle et puis c'était fini. Alors Peter et toi, vous ne poseriez plus de problème au service. C'est à ce moment-là que j'ai craqué. Moi aussi je voulais quitter le numéro douze et je ne savais pas comment faire. Tu comprends maintenant ? »

Oui je comprenais. Je comprenais même très bien… Comme je n'avais rien bu, je voulais jouer de cet avantage et profiter des révélations successives qui venaient de m'être livrées.

Le désarroi de Nathalie, l'ivresse qui la rendait mélancolique, m'avaient permis d'obtenir une victoire qui n'était pas mince : la complicité de cette femme. S'ajoutant à la certitude de son rôle important à l'intérieur du service, elle me permettait de l'associer à ma fuite et peut-être de retrouver Peter.

*

Nathalie ne parlait plus. Elle semblait accablée, regrettant sans doute, au fond d'elle-même, de s'être ainsi livrée, à découvert, sans obtenir la moindre contrepartie…

J'avais envie de lui dire que notre passé nous était extérieur. Je voulais qu'elle comprenne qu'il ne nous appartenait pas. Ni elle, ni Peter, ni moi, nous n'en étions les maîtres. Il nous échappait, nous rattrapait parfois au détour d'une situation ou d'un paysage, il se faisait oublier, était utilisé contre nous, mais nous restions seuls face à lui, à son obscure réalité. J'avais envie... mais je ne l'ai pas fait. Sans doute avais-je deviné que cela ne servirait plus à rien.

Il y eut un long silence entre nous puis elle sortit de son sac un journal allemand : Wilhelm avait été cité aux Pays-Bas, par la commission royale d'enquête sur le massacre de Srebrenica. En juillet 1995, il était sur place au moment où les « casques bleus » hollandais avaient abandonné la défense de l'enclave. Les forces de Mladic, les Serbes, avaient abattu alors près de huit mille Bosniaques en quelques jours. Fosses communes, membres coupés à la hache, balles dans la tête… Les photos des satellites américains, les témoignages des rescapés, les informations des militaires sur le terrain, tout concordait. Et personne n'avait rien fait. Une opacité épaisse, opportune avait pesé sur cette tuerie collective. Wilhelm venait d'être arrêté par la police allemande lors d'un séjour à Stuttgart. Il apparaissait, après une longue filature, comme un agent double, travaillant officiellement pour les services allemands mais retourné en fait par les Serbes. On disait qu'il avait reçu une somme d'un million de dollars. On l'accusait d'avoir aidé Mladic, d'avoir permis, au moment de l'attaque serbe, l'exfiltration de deux officiers britanniques chargés du guidage au sol des avions de l'O.T.A.N. Aucune frappe aérienne ne pouvait être opérante sans la présence de ces militaires. Absents lors des combats, ils avaient assuré une impunité de fait aux tueurs de Mladic.

Nathalie traduisait avec peine l'article qui datait seulement de quelques jours. Je revoyais la silhouette massive de Wilhelm, son apparition derrière la porte de la clinique de La Garenne-Colombes, sa présence lors de la fête organisée en l'honneur de Mladic, près de Pale.

Au fond, pour moi, c'était la même chose : entre ce restaurant minable, le bruit de la vaisselle, les vitres sales qui tremblaient au passage des camions, le brouhaha des hommes, l'évidence d'une réalité sordide, et le reste du monde, la banalité des meurtres qu'il accueillait si volontiers il n'y avait pas de différence. A tout ce bruit, à tous ces mouvements, il n'y avait aucune explication. L'ivresse de ma compagne d'un instant ne faisait qu'ajouter au dégoût qui s'était emparé de moi.

Ce que je faisais là, l'article que Nathalie avait lu, les mains légèrement tremblantes, la photo de Wilhelm encadré par des policiers allemands, les fusillés de Srebrenica, tout m'échappait. Je n'étais maître de rien. La vie, et surtout la mort, partaient dans tous les sens, ne trouvaient plus leurs mots pour les définir. Probablement mon comportement égaré, douloureux, traduisait-il un ébranlement, un désarroi tel que Nathalie, laissant sa lecture, levant les yeux, tendit sa main à travers la table (je voyais la couleur brune de sa peau sur le papier taché qui servait de nappe, un léger duvet blond sur l'avant bras, le journal était tombé à terre), la posa sur la mienne, glissant lentement, dans une caresse que je n'avais pas connue depuis longtemps, allant et venant comme si elle voulait effacer la trace imperceptible d'une souffrance.

Je retirai ma main : « Tu n'es pas ma mère. »

C'était sans doute inutile de dire cela. Mais

cette phrase avait surgi brutalement en moi, d'autant plus vivement que la fonction de Nathalie au numéro douze – fonction de séductrice, d'intrigante – la rapprochait effectivement d'une mère évanouie, peut-être encore vivante, là-bas, avec son amant chinois, ses souvenirs, son fils perdu. Mais elle au moins, ma mère, avait exercé ce métier – un service d'après-vente, de réparation sexuelle, un métier de suivi de la fragile mécanique masculine – pour me permettre de poursuivre mes études, dans un esprit de dévouement, de compétence professionnelle que j'avais recouvert dans ma mémoire du voile de l'abnégation.

Nathalie se pencha, ramassa le journal et partit en titubant. Le plat qu'elle avait commandé restait sur l'assiette, et moi, pris en faute sous le regard de mes voisins – petites tables serrées les unes contre les autres, visages lourds, un peu rigolards pour certains –, qui me dépliais, toutes les têtes alors se levant, moi, debout, qui laissais sur la table au moins trois fois le montant de l'addition, le sac de Nathalie sous le bras, m'en allant vers la porte comme un vieil amant alarmé…

Je sortis. Elle était appuyée contre la voiture,

les cheveux défaits, son corps était maintenant enfoncé dans un vêtement de pierre. Je venais seulement de comprendre qu'à l'intérieur, au plus secret d'elle-même, Nathalie gardait une tendresse gaspillée, rebelle à sa vie nocturne, intacte.

« Je m'excuse. »

C'était ma voix. Et c'était moi qui conduisais désormais. Je suivais ses instructions qu'elle m'exprimait plus que par des mouvements de bras ou des mots bougonnés. Il avait fallu plusieurs kilomètres, des routes de plus en plus petites, des chemins en terre, des raidillons, pour que ces paroles d'excuses tombent entre nous, aussi stupides que le reste, aussi banales, comme traversées déjà d'une faille qui ne ferait que s'agrandir. Je les avais prononcées alors que nous hésitions – à vrai dire, elle seule hésitait – entre deux pistes qui montaient l'une et l'autre vers une colline de cyprès et d'eucalyptus.

*

Le moteur était arrêté. La chaleur devenait étouffante malgré le soir. Les ombres qui s'étendaient sur nous augmentaient encore la distance qui nous séparait. Nathalie était dégrisée.

« Ecoute, dit-elle, nous n'allons pas continuer comme ça. Je vais parler une dernière fois. Tu ne vas pas répondre. Je ne te le demande pas. Nous ne sommes plus dans une mission qui nous serait imposée. Toi et moi, désormais, nous avons le même statut. Un statut de déserteurs. Ce n'est pas très beau mais c'est comme ça. Ils ne savent pas exactement où tu es. Ils continuent à chercher. Comme je t'ai cherché. Et nous allons le retrouver, ton copain. Sans doute là-haut, dans la maison cachée par les arbres. Il nous reste peut-être quelques jours, peut-être quelques heures seulement. Ne réponds pas. Avant d'aller vers la maison, je vais te confier ce qui m'habite depuis peu, depuis que j'ai mesuré à quel niveau j'étais tombée :

– Je ne sais pas pourquoi mais je t'ai sauvé plusieurs fois. Parce que… Parce que, rien. Je ne sais pas. Tu es trop fragile pour faire ce métier ;

– Stéphane, c'est un multicartes. Une passoire. Il était à Srebrenica avec Mladic. Il a beaucoup tué. Tout ce que tu as écrit à l'hôpital, il me l'a donné. Enfin… vendu… j'ai payé pour l'obtenir. C'est moi qui tiens ça maintenant. Et j'ai aimé ta façon de raconter ta vie. Tu l'as fait comme un écolier qui ne veut pas retourner en classe ;

– A certains moments, en te lisant, je me suis demandé si tu n'étais pas vraiment fou. Et j'ai compris qu'on nous rendait fous. Moi avec ces hommes qui me bavaient sur le ventre. Et toi avec tes médicaments, tes obsessions ;

– Et puis il y a eu Laura, sa fascination pour Peter. Elle ne l'aime pas mais veut le sortir du service, le ramener en Israël. Laura sait beaucoup de choses. Peter a dû lui parler. Elle connaissait le double jeu de Puppy. Maintenant, tu es là ;

– Karine n'est pas juive. Mais elle avait compris qu'il ne fallait qu'une seule chose pour que Peter retrouve la paix : lui donner une patrie, un abri, un endroit où il pourrait mourir avec son identité retrouvée, celle d'un petit Juif sauvé du néant. Comme toi j'ai lu le livre de Scheller. Tout ce qu'il a écrit est vrai. Le convoi où était Peter, le petit garçon, est passé dans cette gare entre le 23 et le 29 novembre 1941. Nous avons vérifié. Il faisait terriblement froid. Et Peter, depuis, il n'a jamais cessé d'avoir froid.

Maintenant, voilà l'essentiel : j'ai été envoyée pour te localiser, pour te séduire, pour te fixer dans un lieu où il aurait été facile pour les gens du numéro douze de te faire disparaître. Ils pensent que je suis toujours dans l'esprit de cette mission, ils croient que je poursuis cette cible qui s'appelle Jean Bordin.

A Naples, lorsque je me suis absentée, j'ai pu approcher un de nos contacts. Je lui ai donné le nom d'un hôtel où tu es supposé dormir ce soir, aujourd'hui même. Le numéro de chambre aussi. Ils y seront sans doute dans un instant. La réservation a été faite. Et alors, dans cet hôtel, commencera une chasse que ni toi ni moi nous ne pourrons plus éviter. Si tu veux bien, je récapitule :

– Premièrement, j'aurais dû coucher avec toi. Je regrette car c'est une des rares fois où cela m'aurait fait plaisir ;

– Deuxièmement, ce soir en principe tu es mort. Comme ce n'est pas le cas, le safari commence... ;

– Troisièmement, je ne suis ni ta mère ni ta maîtresse mais pour le numéro douze, c'est tout comme.

Dans quelques minutes, tu vas monter vers la

maison. Je pense que Laura est là. Tu dois y aller seul d'abord. Je resterai dans la voiture. Si je monte la première, ils me tueront.

Voilà, je t'ai tout dit. Sauf ceci, Jean : nous sommes incapables d'aimer. Définitivement. Mais il reste sans doute plusieurs façons de vivre... Si Peter est là-haut, dans cette maison, peut-être mort, si Laura est là, si tu arrives à expliquer que je suis avec toi, alors viens me chercher. Sinon, dans une heure je partirai. Je ne sais pas encore où ni comment. Mais partir, je sais faire. Bon courage mon vieux ! »

*

Le vieux, comme elle disait, est parti vers la maison. C'était encore moi, mais va savoir ? J'avais rarement vécu avec la vérité. C'était pour moi une idée floue, instable. Au moment où j'allais avoir cette rencontre avec Peter, ou peut-être avec son souvenir, je songeais à tous les salauds qui nous avaient mis là, nous quatre assemblés sur cette colline par le hasard ou le désir, avec des ordres différents, des meurtres sur les mains, des corps qui nous appartenaient mais qui ne comptaient pour personne, avec la raison d'Etat comme un prétexte avarié. C'était plutôt la déraison qui m'avait permis de survivre. Bien avant l'hôpital, j'étais fou. La vie n'était qu'une petite étape de stupeur. Très tôt j'étais égaré. Ma mère m'avait perdu comme un objet que l'on s'obstine à chercher, qui est là, sous vos yeux, et qui finalement, beaucoup plus tard, se retrouve abandonné dans une décharge, démonté ou cassé, livré à sa propre dégradation.

*

J'ai vu bouger une branche. Il n'y avait plus de vent. Plus d'oiseaux non plus. C'était l'heure où la nature, avant de se livrer à la nuit, s'apaise un instant. Plus tard d'autres oiseaux viendront, d'autres bruits. La terre retrouvera une vie différente. Mais à ce moment précis, il n'y avait que moi, avec mon pas d'homme lourd, essoufflé. Un homme comme les anciens hommes… Un peu sauvage. Revenu au début de l'histoire, effrayé par la nuit, par toutes les nuits… Avide.

« Was wollen Sie ? Wer ist da ? » Derrière le craquement de la branche il y avait cette voix familière, un peu plus rauque seulement que celle que j'avais quittée, deux ans auparavant, plus

menaçante, moins fluette, comme déjà touchée par l'acidité du temps.

« C'est moi, Peter. Je suis Jean. » Je prononçais ces mots mais ils venaient d'une autre planète. « C'est ton camarade Jean. Je suis J. and B. »

Et ce monde avait brutalement cessé d'être menaçant. Il s'était effondré de lui-même ; je retrouvais un homme vivant.

Depuis notre rendez-vous manqué de Sarajevo, j'avais imaginé Peter, je me l'étais raconté, je l'avais fait revivre avec ses mots, parfois avec les miens. Je l'avais reconstruit. Et voilà qu'un homme malade, affaibli, venait vers moi. Il boitait, soucieux de ne pas laisser tomber son fusil, découvrant un corps amaigri, presque sans cheveux, un vieux pull sur les épaules, le ventre seul ayant résisté aux épreuves.

Nous sommes entrés dans la maison, Peter et moi. Il fallait aller vite. Il fallait que Nathalie nous rejoigne. Le délai qu'elle m'avait accordé ne serait certainement pas reconduit. Alors elle disparaîtrait, ne serait plus qu'une petite femme sans visage et sans nom, destinée à être broyée par le système qu'elle avait si fidèlement servi.

Mais sûrement, comme gibier, elle tiendrait

plus longtemps que moi. Dans la fonction de fugue, elle devait être souple, habile. Moi, j'étais trop lent, peu à même de combattre ma naturelle et dangereuse indolence.

Peter était seul. Il poussait de petits gloussements de gorge, il s'affairait, rangeait quelques affaires, époussetant une table, déplaçant un cendrier, allant fermer une fenêtre. Il s'asseyait, se relevait, trottinait vers la cuisine, revenait essoufflé, hagard, un verre à la main, puis repartait en chercher un second. « Ça alors... ça alors. » Il répétait sans cesse ces deux mots comme s'ils étaient seuls de nature à expliquer une situation, du moins à figer une rencontre dont il ne savait, à proprement parler, que faire.

« Je reviens avec une femme, Peter. »

Il se raidit. De nouveau sur la défensive, l'Allemand, de nouveau méfiant, farouche, l'œil aux abois, claudiquant avec son fusil vers la fenêtre qu'il ouvrait et refermait sans cesse, scrutant les arbres qui maintenant ne cachaient plus que des ombres multipliées. Par prudence, il avait éteint la lumière. Le vent s'était mis à souffler. Quelque part, dans la maison, un volet claquait.

« Ce n'est pas Karine. C'est une amie. Elle va nous aider, Peter. On va te sortir d'ici. Ce n'est pas un piège. Ni un mensonge, ni une ruse. Ce n'est rien, Pierre. »

Il sursauta sur ce prénom, s'arrêta comme si j'avais surpris l'un des nombreux secrets qu'il avait enfermés en lui.

« Je reviens dans quelques minutes. Je suis ton ami. N'aie pas peur. »

*

Nathalie ne dit rien lorsque je lui décris la rencontre. Elle semble satisfaite qu'il n'y ait pas Laura, va cacher la voiture en contrebas, dans le recoin d'une carrière abandonnée, revient dans la nuit. Je ne distingue, lorsqu'elle s'approche de moi, que sa jupe blanche, le haut du corps étant caché par une veste bleu marine, un survêtement dont les poches sont alourdies. Elle a un revolver.

Je lui ai dit : « Non, c'est inutile. Tu vas voir. Nous allons réussir, Nathalie. C'est presque fini, tout ça. Viens. »

*

Dans la maison, les lumières avaient été de nouveau allumées. Il n'y avait personne. Nous sommes restés un instant tous les deux assis sur le bord d'un canapé usé. Image d'affaissement, fin de partie, film de gangsters en cavale.

Puis Peter est arrivé. Il venait de l'extérieur, il tenait son fusil contre sa hanche, le canon tourné vers nous. Il se mit à regarder Nathalie avec un masque d'impudeur, de grossièreté, comme s'il évaluait une prostituée dans la vitrine d'un port.

« Ah, c'est toi. Tu es là aussi. Je te reconnais. » Puis se tournant vers moi : « Ben mon vieux ! Ils m'ont envoyé ce qu'il y avait de mieux, au numéro douze. » Il ricanait. « Vous êtes ensemble ? Je veux dire : vous couchez ensemble ? »

Il avait posé le fusil contre le mur. C'était la voix d'un homme fatigué, usé jusqu'à la corde. Un vieux routier, Peter. Il devait en connaître, des agents du service… Nathalie ne répondait pas. Je me suis entendu parler. Cette voix, c'était la mienne. Elle résonnait dans la maison et je trébuchais contre ce nouveau prénom :

— Pierre. Ecoute-moi, Pierre. Ta lettre, je

l'ai lue. Stéphane me l'a donnée. Je sais que tu ne vas pas bien. Peut-être que nous pourrions discuter. Nous avons beaucoup de choses à nous dire.

Il s'est levé.

— Si vous voulez me tuer, il faut le faire tout de suite. Ce n'est pas la peine d'attendre. De toute façon, je n'en ai plus pour longtemps.

— Sers-nous plutôt à boire, Pierre. Donne-moi un verre de Pilsen ou un whisky. Tu connais les bonnes choses. On n'est pas obligés de mourir comme ça, comme des cons. On va parler, Pierre. Et puis on va te sortir de là.

La nuit avait enveloppé la maison. On entendit le bruit d'une porte, celle de la cuisine probablement. Et puis voilà : il y avait une fille, avec un beau calibre, devant nous, sortie de nulle part, une chatte aux yeux noirs, vraiment belle, seulement un peu ronde. J'ai été autant intéressé par son arme que par son corps, sa présence de femme (extraordinairement femme, je dois dire), son allure noire et souple. L'arme, je l'ai tout de suite reconnue : un automatique « Heckler and Koch P9S », un outil rare et précieux…

J'ai dit « Bonsoir, Laura ! ». Il n'y avait pas de risque à dire ça. Je ne pouvais pas me tromper. Elle me regardait, restait debout, le visage fermé, l'arme maintenant légèrement baissée, mais tout son corps tendu comme si elle allait de nouveau bondir en silence, franchir la porte en fuyant, se dissoudre dans la nuit.

Et alors, Peter :

« Apporte le whisky, Laura. On va parler. »

*

C'était la voix d'un vieux chef, un parrain qui contrôlait ce qui lui restait de vie, son univers reclus. Elle avait toujours cette tonalité aiguë que j'avais connue, mais marquée par la lassitude, la maladie, fréquentée par l'idée de mort, cet « à quoi bon » qui l'accompagne et qui annonce sa venue.

Il y avait quelque chose d'irréel dans cette rencontre. Les deux femmes étaient muettes, les hommes se contemplaient, se tâtaient du regard, mesurant les dégâts, évaluant ce que le temps et la peur avaient pu raviner sur le corps de l'autre. L'érosion avait été forte chez Peter et je ne voyais pas la mienne.

Il poussa un cri. Quelque chose entre ricanement et plainte. « Des petits vieux, hi… hi… Nous sommes des petits vieux, n'est-ce pas les filles ? » Alors, avec l'aide du whisky, la progression de la nuit, l'idée que nous aurions pu être aussi bien dans un refuge de haute montagne, à l'abri provisoire des orages d'altitude qui secouent les portes, font trembler la terre, il y eut une détente des corps. Mains derrière la nuque, cigarettes, paroles rares, deuxième bouteille, un peu d'ivresse, le temps plus fluide, Nathalie appuyée contre moi, elle avait encore bu, Laura intriguée, nous étions des couples étranges, émergence fugitive et partielle de vies aléatoires.

De temps en temps, Peter : « Ça alors… ça alors. » Nathalie maintenant dormait. Elle poussa un petit gémissement lorsque, la prenant sous la taille, je l'allongeai sur le canapé. Laura examinant, sans bouger, ces gestes qui auraient pu être ceux d'un amant, soucieuse de ne pas brusquer les explications, commentaires, révélations, décisions, qui bien évidemment devraient être rapidement à l'ordre du jour. Ou de la nuit. Mais ce n'était sans doute pas encore le moment.

*

Bureau de Peter. Il est près de minuit. En fait, une petite pièce sans charme, sans décor, et beaucoup de livres de poche. Il y a du Brecht, du Genet, Henry Miller, des essais sur le Talmud, *Le Fou d'Elsa*… un minuscule fauteuil en cuir craquelé, une fenêtre aux volets fermés, tout cela à sa ressemblance, odeur de tabac, de papier, solitude masculine, quelques bouteilles de bière vides, des mégots, l'image d'une vieillesse étanche, peu mêlée au monde, à ses égarements. Sans doute Laura ne vient-elle pas ici.

Peter, assis, replié plutôt dans le fauteuil, accablé : « Tu vois, j'écris. »

Il y avait sur la table un monceau de feuillets éparpillés. Et de l'argent, beaucoup d'argent, des dollars uniquement.

« J'écris n'importe quoi. Mais en allemand. J'en ai encore pour six mois, Jean. Au maximum. Non. Pas pour mon livre. Pour ma vie. Six mois… C'est ce que m'a dit le toubib. Alors j'écris. Ça allonge le temps. Il devient un peu élastique, tu comprends ? Vous avez une expression en français. Je crois que vous dites "tuer le temps"... C'est vraiment curieux. Le seul truc qu'on ne peut pas tuer, c'est le temps. C'est plutôt lui qui nous tue ! »

Et de nouveau, petit ricanement : « Ça alors... »

Que savait-il de Karine, morte, là-bas, ses lettres brûlées, son gros corps maintenant, quelque part dans une morgue ? Un suicide, vous comprenez, sûrement une dépression, médecin légiste, autorisation d'inhumer, tout est en ordre, n'est-ce pas. Et puis l'enterrement. Quelqu'un du numéro douze ou du Mossad, au moment où le cercueil bascule, tout est en ordre, de la famille à prévenir ? non, vous savez elle était très seule. Bien, une mort comme tant d'autres... Pas d'enfant... Bien. De la terre maintenant qui fait son bruit sourd sur le bois.

Il savait déjà Peter. Probablement Laura... Mais il voulait en parler : « C'était une belle femme, tu sais. Et puis il y a eu l'alcool. Ça s'est déréglé. Elle était à Munich au moment de l'attaque contre les athlètes israéliens. Elle s'est sentie responsable. C'était une gamine. Elle n'a pas supporté les critiques. Elle a basculé. Au numéro douze, ils l'ont récupérée. Et Laura savait que c'était par elle qu'il fallait passer pour que tu viennes.

Mon vieux, il faut comprendre. Une Alsacienne ! Elle était la fille d'un "malgré nous", ces Français engagés de force dans la Wehrmacht. Son père était dans la division "Das Reich". Elle ne sait pas ce qu'il a fait. Mais c'est cette division-là qui est passée par Oradour-sur-Glane. Tu vois, on est tous les enfants de cette putain de guerre. Elle nous colle à la peau. Laura, Nathalie, elles ne savent pas ce que c'était. »

Il poursuit : « C'est quand même marrant. Karine, elle était devenue antisémite. Comme ça. Au fil du temps. Quand elle a appris que j'étais juif, un de ces enfants dont parle Scheller, elle m'a regardé comme un oiseau déplumé, hors du nid. Mon espérance de vie lui semblait faible… Ma façon d'être assez bizarre… Je l'ai laissée à ses fantasmes. Il y a des Juifs, il doit bien y avoir des antisémites. Non ? »

Et de nouveau : « Hi… hi… Ça alors, ça alors… Quelle drôle d'histoire… Tu vois cet argent, là, sur la table, c'est du fric israélien. Pas chrétien, hein ! Non. Du fric juif mais en dollars. Les chrétiens, ça fait longtemps qu'on les emmerde plus. D'abord, ils deviennent rares. Et puis, ils n'ont pas tenu le coup. Devant l'Islam, la télé, la tolérance... etc... ils ont craqué. Capitulation en rase campagne... Hi... Hi...! Les Juifs, tu sais, ils résistent. J'ai appris ça de Laura : la nuque raide. Allez, on en parlera demain avec elle. Il faut qu'on se tire, Jean. "Vite fait", comme vous dites en France. Je les sens derrière nous, nos vieux copains. Tu parles, ils vont pas nous rater! Pas de cadeau, c'est la règle. »

*

J'ai retrouvé Nathalie dans une chambre, au premier étage. A la vue de son corps j'ai chassé aussitôt de moi la voix de Peter, la maladie qui peu à peu l'étouffait. Je voulais oublier cet obscur travail du temps à l'intérieur de nous, travail de sape, patient, régulier, obstiné, auquel nous ne comprenons rien.

Nathalie ne dormait pas. Il m'a suffi qu'elle esquisse un sourire d'enfant malade. Alors je l'ai prise avec une lenteur incroyable, c'était un film au ralenti, le mouvement d'une vague sans espoir, un soulèvement, une insurrection de la tristesse. Il n'y avait aucun amour. Et lorsque ensemble nous avons crié, les yeux défaits, la fenêtre s'est brusquement ouverte. Nous avons senti le vent qui glissait comme une main froide sur nos corps. C'était une nuit d'ivoire et d'écume. Nous avons compris l'un et l'autre, sans rien nous dire, que tout cela n'avait aucun sens, que nos vies n'avaient été rassemblées que par le hasard et la peur. La guerre, sans doute, était finie… Mais il ne restait plus rien.

*

Le lendemain matin, Nathalie vient me réveiller. Elle porte une longue chemise d'homme, tombant à mi-cuisse, cela lui donne l'air d'un mousse hirsute sur le pont d'un bateau. Comme si toute sa vie en une nuit avait été chiffonnée, elle était devenue enfant, une petite image de guerre au visage dur.

Elle s'arrête sur le seuil, le regard posé sur cet homme étendu, nu et déjà mort pour elle. Un homme qui ressemble tellement à tous ceux qu'elle a connus…

Café, frissonnement du réveil, il y a Laura qui dirige maintenant ces destins hétéroclites. Le chef c'est elle, avec son tee-shirt noir, les seins apparaissant sous la légèreté de l'étoffe, un short kaki, des cuisses admirables, une allure décidée. Peter n'a pas dormi, il nous regarde avec son visage de myope, ahuri, fixant chacun de nous, les mouvements de Laura, mes vêtements froissés. A travers ses lunettes, une extrême attention. Et puis : « Ben mon vieux… »

Laura nous dit que les Américains ont créé une unité des forces spéciales pour récupérer K. et M : « Ils semblent décidés à faire le ménage, à mettre un terme à la complaisance du gouvernement serbe. Les interceptions de nos services parlent de l'opération K. La deuxième équipe française du numéro douze a disparu. On n'en entendra plus parler. »

A l'écouter, nous nous sentons un peu plus comme des vestiges. Elle nous annonce que des spécialistes du Mossad sont arrivés de Rome pour exfiltrer Peter. Ils nous rejoindront ce soir. A Tel-Aviv, on veut le récupérer. Nous pouvons partir avec eux si nous le désirons, Nathalie et moi. Ce n'est pas nous qu'ils veulent. C'est Peter. Pour nous, elle a questionné sa hiérarchie qui a donné un accord de principe à notre protection là-bas. Sous réserve d'une absence totale de liberté en arrivant à Tel-Aviv.

Nathalie me regarde, puis se tourne vers Laura :

— Qu'est-ce qu'ils vont faire de nous ?

— Vous serez interrogés, c'est normal. Après on verra. Je vous aiderai. C'est peut-être le seul endroit du monde où vous ne serez pas poursuivis.

Elle ajoute aussitôt :

— Moi, je ne viendrai pas avec vous. J'ai encore des choses à faire ici. Je vous rejoindrai.

J'ai dit :

— O.K. Pourquoi pas ?

Je voulais dire « pourquoi pas là-bas » ? C'était un constat, une résignation, une évidence. Je n'étais pas venu jusqu'ici pour laisser Peter, mon seul ami, disparaître avant même que les cellules de mort, plantées en lui, ne s'épanouissent.

Elles allaient gagner, naturellement. Tous les arbres, toutes les fleurs, tous les humains ont des maladies qui s'emparent d'eux, les torturent, les réduisent à l'état ignoble dans lequel nous les voyons en les quittant. Une immense lassitude d'un seul coup. Le désir de ne plus entendre parler de rien.

J'ai ajouté :

— Pas d'hôpital, hein ? Vous n'allez pas me faire le coup de l'hôpital ! J'ai cessé d'être fou !

Laura a soupiré :

— Non. Ça c'est pas notre truc... Si on vous emmène, c'est peut-être parce que vous avez des choses à nous dire.

Et puis, d'un seul coup, très brutale :

— Bon. Alors on attend ici. Ce sera ce soir vers dix heures.

*

Après-midi d'été. Chaleur des pierres. Le soleil n'épargne rien : tout est maigre sous le ciel blanc et nos visages expriment la pauvreté des corps. Je parle avec Laura. Nous marchons autour de la maison. Elle évoque la personnalité de Karine, une femme curieuse, lourde, qui prenait ses décisions avec lenteur : « C'était une personne maladroite. Au fond assez vulnérable. La découverte de l'identité réelle de Peter l'avait bouleversée. Mélange de tendresse, d'incrédulité. De rancune aussi, après l'histoire de

Munich. Les Israéliens l'avaient sévèrement et publiquement mise en cause. »

Karine en fait ne voulait plus servir à rien. Elle était épuisée. Elle devinait entre Peter et Laura un accord professionnel, d'un nouveau genre, une sorte de défi à leur métier commun. Je me tourne vers Laura :

— Vous savez beaucoup de choses sur Peter. Je veux dire sur Pierre…

Elle se tait un instant, prend un brin de thym sauvage, le frotte dans ses mains, le regard perdu. Et puis :

— Je ne vois pas très bien par quel bout commencer. C'est un homme qui a eu mille vies. Il s'est échappé dans tous les sens à la fois, à la recherche de lui-même. Et son identité est restée sur place : à l'endroit d'où il était parti.

« C'est d'abord un Juif allemand. Il faut que vous compreniez cela. Je veux dire un Juif de langue allemande. Un homme qui a sur lui comme des traces de gel, des glaciers sous la peau, toutes les souffrances et toutes les questions. Vous en faites un policier et il y a encore plus de questions. Vous en faites un Français et alors il se paralyse. Rien ne fonctionne plus. A ce moment-là, il ne sait pas encore qu'il est juif. Et puis il commence à fuir. Lorsque je lui fais découvrir le livre de Scheller, il y a, chez lui, après le choc, un immense apaisement. Sa fuite est devenue joyeuse. C'est un poisson que l'on remet dans la mer et qui part dans tous les sens. Il s'échappe. Il ne sait plus où il faut aller pour être encore un peu plus libre.

« J'ai eu du mal au début. Je savais naturellement qu'il était poursuivi. Et il était très imprudent. Il a commencé à me parler de vous, de votre mission. Il regrettait de vous avoir laissé seul à Pale. Il pensait que vous ne reviendriez jamais. Karine était derrière lui, très loin, dans un autre espace, un autre temps. Il n'avait plus que de l'indulgence pour elle. Il a mis longtemps à me parler de son cancer. Il s'en est ouvert à moi le jour où il a su que c'était irrémédiable. C'est alors qu'il vous a écrit, par l'intermédiaire du frère Stéphane. Je lui ai dit que vous étiez enfermé et que très probablement vous tenteriez de vous enfuir. Pierre est homosexuel. J'ai eu du mal à le mettre en garde. Je pensais plus au Sida qu'aux agents qui le cherchaient. Ici, en Italie, il partait le soir pour rencontrer des garçons. Des prostitués souvent. Vous savez à Rome on peut vivre comme on veut. Et mourir de la même manière ! Je n'ai pas souffert de ses goûts. Mais je craignais pour lui. Avant la maison de Trieste, je lui avais trouvé une planque à Rome. Un petit studio dans la ville, en contrebas de la Villa Médicis. Il aimait ce quartier. Je recevais des documents et j'avais la mission de le ramener en Israël. A condition qu'il le veuille. Au début il n'a pas voulu croire à son histoire. Puis peu à peu, c'est devenu toute sa vie, une recherche passionnée des moindres détails. Lorsque vous serez en Israël, Jean, il faudra continuer. Sa mère, sa vraie mère, s'était mariée avec un certain Sonderfield. Elle venait de Prague. Le convoi a tourné longuement avant de se diriger vers Kovno. Son père se battait dans un maquis. Il fut pris par les Allemands qui l'ont pendu. Il reste beaucoup d'éléments à retrouver dans sa vie. Vous savez, pour nous c'est important. En Israël les survivants de la Shoah ce sont des pierres précieuses, des personnes que nous aimons plus que nous-mêmes. Par leur souffrance ils ont fondé notre Etat. Ils sont le plus souvent cassés, silencieux. On dirait qu'ils sont comme hébétés devant la vie, devant la lumière de chez nous. Enfin… la plupart. Parce que d'autres, au contraire, ont déjà fait le tour de la mort. Ils la connaissent par cœur, ils n'ont plus peur. Alors, ils donnent des cours dans les écoles. Mais ce n'est pas fréquent. La bataille qu'ils mènent est devenue intérieure, sournoise. Peu à peu, ils disparaissent. Pierre, c'est un cas particulier. Une histoire exceptionnelle. Je sais qu'il écrit. Mais je ne veux pas lire cela. Il est possible qu'il n'y ait aucun rapport entre son manuscrit et sa vie. Vous le connaissez. Souvent il s'évade.

Je suis allé chercher un café dans la cuisine. Il y avait des pastèques bien alignées, des documents brûlaient dans une petite chaudière. Nathalie scrutait les pins, les ronces qui nous entouraient. Elle était anxieuse. Laura s'éclipsait de nouveau pour enterrer nos armes. Comment décrire ces moments ? Ils sont suspendus à la limite du rêve. Nous mettrons longtemps à les oublier.

*

Au moment de partir Laura a visité chaque chambre. Tous les refuges ont la même allure lorsqu'on les abandonne. Lits défaits, portes qui battent déjà dans le vide, bouteilles cassées, traces de vie, un peu de chaleur humaine qui flotte dans les chambres, et puis bientôt plus rien, les oiseaux qui entrent par les fenêtres, des feuilles sous les tables, des morceaux de bois qui s'accumulent contre les murs, un désordre qui sera déchiffré en vain, qui ne livrera rien d'autre qu'un passage, puis les rats, le froid, les ampoules cassées, peut-être un jour d'autres humains…

L'hélicoptère s'est posé à dix heures sur une petite butte que Laura avait dégagée de ses buissons, à une centaine de mètres de la maison. Il y avait ce projecteur qui balayait la nuit. Nous avions allumé un feu entre des pierres. Nous nous sommes courbés. Nathalie avait mis son bonnet de laine rouge. Elle portait ces couleurs sur lesquelles j'avais établi ma rancune et le sentiment de haine qui cachait à peine mon désir.

Tourbillon de poussière, de feuilles, gestes de fuite, les derniers cris pour se faire entendre.

Laura : « Je reste ici. Allez-y. Bonne chance. »

Et j'ai vu son corps noir, un bras levé pour nous saluer, disparaître dans la nuit, cheveux en bataille, tellement seule à quelques pas de cette maison vide, entourée des eucalyptus courbés sous le vent de l'hélicoptère. Et j'ai vu aussi, dès que j'eus fermé derrière moi la porte coulissante, dans la pénombre de l'appareil, Nathalie blottie contre Peter, les yeux élargis, brillants, le corps caché par l'éternel, le vieil imperméable de mon ami. J'ai vu enfin les quatre hommes qui nous emmenaient. Le pilote, silhouette éclairée par les appareils de bord, tendu, impénétrable, et puis les trois autres, la figure peinte, des uniformes que je ne connaissais pas, des bottes, des poignards, tout un équipement de guerre, directement sortis du ciel et du vacarme.

*

Nous nous sommes posés en Grèce, une première fois. On entendait un poste de radio à l'entrée d'un hangar où se tenait un soldat Musique de plage et de mer, un peu écœurante, langoureuse, odeur de café et de cigarettes… Il m'a semblé que c'était la Grèce et ce devait être Corfou mais aucun des hommes ne parlait, ne répondait même à nos questions. Interdiction de sortir de l'appareil, bâtiments militaires, quelques sentinelles, de l'eau que l'on nous a apportée dans des gobelets en carton. Peter dormait, ses lunettes de travers, la tête posée sur un gilet de sauvetage.

*

Deuxième escale. Quelque part sur une autre île. La mer est toute proche. Une odeur d'iode et de kérosène. Survolant l'hélicoptère, des mouettes à tête noire. On fait le plein. Impossible de savoir où nous sommes. Le jour a commencé à se lever. Des petites touffes d'herbe jaune, des cailloux, des chardons, bordent la piste goudronnée. Il fait bon. Les portes de l'appareil sont restées ouvertes. Le jour se lève.

*

Nous sommes maintenant au milieu du soleil. La lumière, venue de l'Est, s'avance vers nous, nous éblouit. Le visage de Peter s'est brusquement figé. Je lui dis : « C'est Tel-Aviv ». Il écarte un des hommes qui l'empêche de diriger son regard vers la terre, là-bas où est la ville.

L'homme ne dit rien, ne proteste pas, se déplace légèrement.

A contre-jour on ne voit qu'une muraille blanche, au bord de la mer. Une ville moderne, une ville avec de grands immeubles, brûlante, qui s'écroule ensuite au loin en maisons minuscules, en arbres, en vergers.

L'hélicoptère descend très vite, tourne autour des toits. Des hangars alignés, des préfabriqués, une grande cour. Quelques soldats qui s'approchent. Parmi eux, des femmes en uniforme, le fusil accroché dans le dos. Des M16. Poussière. Attente. Les rotors tournent encore puis le bruit décroît, s'apaise. Un grand silence au milieu de la ville.

Au fond de la cour, il y a des jeeps. Dans l'une d'elles, accompagné d'un grand gaillard, maigre, en civil, je vois Peter, boitillant, qui porte sa valise craquelée, la jette sur le siège arrière. Tout s'est passé si rapidement... Je n'ai pas eu le temps de le saluer alors qu'il quittait l'appareil par la porte gauche. Nathalie et moi, à droite, nous sommes accueillis par une femme en treillis, accompagnée d'un jeune soldat. Leurs vêtements militaires sont portés avec une grande nonchalance, les lourdes chaussures de marche sont couvertes de poussière, les chemises mal tenues par le ceinturon. Une sorte de vert indéfinissable. Sur le crâne du garçon : une kippa.

Fouille rapide. Arrive un gradé, élégant, souriant, un peu ironique. Regard bleu, plissé par la lumière, il nous détaille.

« Je suis le colonel Allon. » Il prononce Allone. Français impeccable. Juste une pointe d'accent anglais, à peine perceptible.

« Bienvenue en Israël. Shalom. »

Je ne réponds rien. Sûrement un faux nom, Allon. « Vous allez être séparés pendant quelques jours. Vous pouvez ne pas répondre à nos questions. Mais dans ce cas, je ne pourrai pas vous garder. Ce sera le ministre des Affaires étrangères qui décidera. Pour l'instant, je dois vous interroger. Tout se passera bien, je pense. Vous ne pourrez pas vous rencontrer le temps de l'enquête. »

Un silence. Il nous regarde l'un et l'autre alternativement : « Vous savez ce qu'est un service de renseignement. Naturellement vous serez bien traités. Mais pas d'avocat. Pas de consul pour vous visiter. Pas de correspondance. Pas de visite. Vous connaissez sans doute les règles, je ne vous apprends rien. »

Je regarde Nathalie. Elle est impassible, a retrouvé son air des grands jours, ceux où nous nous sommes retrouvés face à face : dureté du regard, assurance, un peu de mépris à la commissure des lèvres. Ça aide toujours, le mépris. Elle a enlevé le survêtement bleu marine qu'elle avait conservé dans l'hélicoptère. Juste un tee-shirt blanc, les mains dans les poches d'un pantalon invraisemblable, trop large, serré à la taille, probablement piqué à Peter dans notre refuge de la veille.

On nous a enlevé nos sacs, dirigé chacun vers un bâtiment différent, sans aucune violence, avec une espèce de désinvolture qui donnait plutôt le sentiment de l'habitude. Laura m'avait dit que chaque semaine au moins, ce service allait ainsi dans tout le Proche-Orient déposer des agents, chercher et exfiltrer des Juifs menacés, capturer des terroristes.

*

Les soldats m'introduisent dans une petite chambre blanche avec une douche. Pas de fenêtre, seulement un lit de camp, une table en bois, un cendrier. Une bouteille d'eau minérale. Des vêtements sont pliés sur le lit. Les toilettes sont au fond du couloir. Il faut appeler dans ce cas-là. Tout est expliqué par Allon qui me quitte : « Reposez-vous. Nous commencerons demain. »

Bruit de clef dans la serrure... Je ne suis pas étonné. Tout cela est dans l'ordre des choses. Je m'adapte au silence qui ressemble à celui de l'hôpital et me surprends à penser que je ne l'ai quitté que tout récemment, moins d'un mois peut-être. Il y a pourtant là, autour de moi, l'isolement, la surveillance, la même sensation d'espace clos, étouffant. Mais sans chuchotement, sans râle, sans Puppy pour me parler le soir. De temps en temps des mots en hébreu, dans la cour, des rires de filles, de garçons. Des ordres. A deux reprises, dans l'après-midi, le fracas d'un hélicoptère qui se pose, tout près de ma chambre. Je pense à Nathalie. Je m'entends rire : quel est son nom, au fait ? Rire intérieur, nerveux, que j'ai peut-être exprimé, qui a peut-être été entendu. On va me prendre pour un fou. Ce n'est pas nouveau.

Je m'allonge, les mains derrière la tête. J'en ai fini des attentes, des meurtres, de la peur. Je pense à ma mère. Elle me disait toujours que j'étais beau… Mais il y a si longtemps… Je me lève, vais me voir dans la petite glace ronde, à côté de la douche. Des rainures partout, comme sur un parquet piétiné. Des poches sous les yeux. Mon pauvre vieux, qu'est-ce que tu fais ici ? Je me tire la langue, essaie de rendre mon visage plus lisse. En vain. Lorsqu'on ne s'aime pas, il ne reste plus que les grimaces. Phrase de Peter : « La femme est un sujet sur lequel je ne veux pas m'étendre. Hi… hi… » Et Peter ? Un traitement spécial, sûrement. Un médecin, des fruits… Les questions viendront après. Citoyen israélien ? Pour bientôt, sans doute, l'Allemand. C'est la première fois que je suis en Israël. La peur lentement s'échappe, elle vivait dans chacun de mes gestes depuis ma « sortie » de l'hôpital. Je l'avais conjurée, refusée. Maintenant c'est dans tout mon corps l'abandon qui l'emporte. Une douceur lente et fade me vient aux lèvres. J'ai envie de fumer, de ne plus rien faire. Peut-être de boire, comme Nathalie. Je veux laisser aller des pensées confuses, chaotiques, parler à voix haute, dormir et ne plus rien écouter d'important. Je veux des choses futiles, insignifiantes. Je veux devenir piéton, locataire, contribuable, vacancier, consommateur... Je ne suis plus qu'un homme qui aspire à la banalité, au rythme ordinaire des journées, à leur déroulement sans heurts, ni obstacles. Il doit y avoir quelque chose comme ça chez le voyou, le criminel qui se retire à la campagne, le regard vide devant ses carottes et ses poules... Ah, oui, il y a cette histoire de Karine à Munich. Qu'est-ce qu'elle faisait là-bas ? Bon, sûrement demain, des questions sur Karine. Ils doivent tout savoir pourtant. Mais je vais parler. Rien à cirer du numéro douze. Je dirai tout. Une balance, oui. C'est toujours mieux qu'un tueur. Je vais dormir. Je dors. N. est là, juste à côté, à quelques mètres sans doute. Son regard, le regard de N... Mais quel est son nom ? Bien sûr, ce jour-là, boulevard Malesherbes, il fallait que je m'en aille... Sa petite tache sur la cuisse... A droite ou à gauche ?

*

Lendemain matin. De nouveau le colonel. Nous sommes face à face. Il m'offre une cigarette. « Vous allez déposer une demande pour acquérir la nationalité israélienne. » Silence. « De toute façon, elle sera examinée longuement. Vous pourrez toujours vous rétracter. Et je peux la bloquer à chaque instant. Vous comprenez sans doute. » Silence. « Votre coopération nous permettrait de savoir ce que vous voulez exactement. C'est une forme d'asile politique que je vous propose. Même si la formule n'existe pas ici de la même manière que chez vous. Vous nous aidez, on vous aide. D'accord ? »

Silence.

Il commençait à m'emmerder ce type. J'étais là parce que c'était plus confortable qu'un cercueil... Mais pas très enthousiaste quand même... Je lui dis que coopérer ou peigner la girafe, pour moi c'était la même chose... Il prit un air pincé, très british, le colonel en regardant ses ongles comme si c'était au monde ce qu'il fallait contempler dans la plus grande urgence : « Je connais cette expression... Mais ici nous n'avons pas de girafe... Vous dites aussi : "pisser dans un violon", n'est-ce pas ? »

Ça devenait un peu tendu, notre premier entretien. Il arrêta le magnétophone. Allez, on va recommencer.

Il voulait sans doute détendre l'atmosphère... Il ouvrit son dossier (pas mal, le coup du dossier : un gros paquet de plusieurs kilos...) et me tendit une photo.

Là, il avait gagné une sacrée première manche. C'était incontestable, j'étais cloué au sol.

Ma petite maman, avec son militaire de mari, mon père ! Ils étaient là, tous les deux. Pas mal, le coup du dossier

Le colonel, avec une voix un peu suave : « Vous savez, nous vous connaissons bien, monsieur Bordin... » Et moi, dans un soupir à l'intérieur de ma tête, assez accablé tout de même : il va peut-être me donner le nom de famille de Nathalie, me parler de son école maternelle, de sa première vaccination...

« Votre père n'est pas mort à Diên Biên Phu, monsieur Bordin. Je vous le dis au nom de l'admiration légitime que vous pouvez lui porter. Il a été fait prisonnier, embarqué dans cette longue marche où tant de vos compatriotes sont morts... Un soir, il s'est évadé, en assassinant deux Viets. C'est comme ça que l'on disait, je crois. Ils l'ont retrouvé... Je vous passe les détails, naturellement. Mais il est resté plusieurs jours cloué sur un arbre… Vous comprenez… les fourmis… les oiseaux… C'était un héros, vous savez… »

Alors le fils du héros s'est avoué battu… Je n'avais pas trop cherché à savoir pour mon père. Il était mort sous l'uniforme de la France. Devant le colonel, je me disais qu'un uniforme cela permet de mourir dans des conditions à peu près normales… J'ai dit : « Bon, qu'est-ce que vous voulez savoir exactement ? »

Il me dit que ce n'était pas la D.G.S.E. qui l'intéressait. Il en connaissait les agents, leurs vies personnelles, leurs prénoms, la hiérarchie, le fonctionnement. Ce qu'il voulait, son objectif c'étaient « les cellules d'élimination ». Ce fut le terme qu'il employa.

Alors, tout y est passé : l'organisation du numéro douze, les relations que j'entretenais avec Karine, la nature des armes dont nous disposions, notre entraînement, ce que je savais de Peter, si j'avais lu le livre de Scheller, où était cet hôpital exactement, si je connaissais d'autres détenus, comment j'avais entendu parler de Laura, et ce Wilhelm c'était qui exactement (photo à l'appui...). Notre système d'écoutes l'intéressait particulièrement. Il voulait des éléments précis, combien de temps j'y étais resté, la technologie utilisée... Quand je lui ai dit qu'ils écoutaient ma femme, il eut un petit sourire triste, fatigué.

Et maintenant, c'était Nathalie, la raison pour laquelle nous étions ensemble à Trieste... quel était son rôle exactement au numéro douze...

Il hésita un moment sur les mots... avec qui, enfin... je veux dire... est-ce qu'elle avait couché... vous voyez ce que je veux dire... vous avez sans doute des noms, des lieux... Une éducation britannique, ce type.

Je répondis simplement :

— Nous baisons beaucoup, mon colonel. Si vous voulez que je vous le dise ; et vous savez, baiser une jolie femme sans connaître son nom, c'est un vrai bonheur...

Il n'insista pas. Bon.

— Nous nous revoyons demain ? Merci, monsieur Bordin. A demain. J'aurai une proposition à vous faire.

Cela avait duré pratiquement toute la journée…

*

La nuit ne fut pas très facile. Cauchemars divers, souvenirs de femmes lointaines, la petite voix de Peter revenant me harceler : il était attaché à une croix immense, au sommet d'une colline, et criait : « Je n'ai rien fait, je n'ai rien fait ! » Ses lunettes étaient tombées par terre. Il disait sans arrêt : « Ça alors… ça alors… »

Réveil plus sympathique que la veille. Le soldat de garde m'apporte du café, de la confiture, des petits pains blancs. Ça y est : maintenant je suis vraiment une balance, on me couve. Pas de regret, non. Seulement le sentiment d'avoir fait payer à mes chefs l'addition. Celle qu'ils méritaient. Tout le système du numéro douze avait explosé et même sensiblement au-delà… La France venait ensuite… Oui, j'avais trahi mon pays… Poteau d'exécution, infamie… moi, le fils d'un héros… Un traître…

Ce qui s'est passé ensuite allait me permettre de savoir dans quel abîme j'étais tombé…

Le même bureau, mais cette fois-ci, ils étaient quatre. L'un d'eux, le seul qui n'était pas en uniforme, n'ouvrit à aucun moment la bouche, se contentant de me regarder, se levant parfois pour faire quelques pas, consultant des notes qu'il allait chercher sur la table, devant le colonel. Aucun des trois autres hommes n'avait un grade qui m'aurait permis de mesurer la hiérarchie dans laquelle ils se mouvaient.

Il n'y avait plus de magnétophone.

« Voilà, commença le colonel, nous avons besoin de vous. C'est une opération que nous ne pouvons pas faire nous-mêmes. Et il se trouve que vous êtes là, c'est comme ça. Nous savons que ce sera une épreuve pour vous. Mais nous n'avons pas vraiment le choix… » Silence. « Et peut-être vous non plus. »

Il passa la parole à un petit gros, à côté de lui, très bronzé, les cheveux drus, plantés n'importe comment. Il suait. Accent pied-noir, mains velues, poils dépassant de la chemise, une tête de cuisinier arabe. Il avait lui aussi un dossier me concernant. Beaucoup plus petit que celui d'hier.

Il commença, en hésitant : « Mon vieux, c'est

une affaire compliquée ce que je vais vous dire, enfin… non. C'est très simple… »

Je n'aimais pas beaucoup ce « mon vieux ». Il tournait autour du pot, le gros, il triturait ses doigts boudinés.

Il sortit des photos et me les tendit, à travers la table. Je me penchai pour bien regarder. On voyait le visage allongé d'un barbu, les yeux fiévreux, une photo d'anthropométrie, de police judiciaire, mais en plus flou. L'homme en question avait la tête d'un braqueur comme c'est presque toujours le cas lorsque la police vous colle devant l'objectif de ses appareils. Vous mettez un président de la République et ça donne le même résultat…

Puis les autres documents, des plans de rues, de maisons, des photos prises de loin, parfois au téléobjectif. On voyait des bâtiments, sorte de H.L.M. de banlieue, un homme discutait devant une porte. Apparemment le même que sur la première photo. Il y avait à chaque fois un commentaire écrit en hébreu, au bas de la page. Naturellement, je ne comprenais rien. Je ne voyais pas où ils voulaient en venir. Il s'agissait de documents photocopiés et parfois scannés par un ordinateur.

Le gros me regardait. Il sortit un mouchoir pour s'essuyer le front : « Bon. Vous avez tout dans le dossier. Vous pourrez l'étudier longuement. Les écoutes, les photos, les différentes adresses. Ce type est un terroriste. La police française ne veut rien faire. Nous croyons qu'elle utilise cet homme pour des raisons obscures. Et nous, on ne peut pas tout leur dire aux Français, l'opération échouerait. Vous avez sans doute compris que ce type, on ne veut plus le voir. Vous imaginez bien que nous ne pouvons faire ça nous-mêmes avec un pays ami d'Israël. »

Il soulignait ces derniers mots en plissant les yeux, en souriant d'une manière angélique, comme si c'était une bonne plaisanterie. On aurait dit un gros bébé.

Le colonel intervint : « Si cette mission réussit, vous êtes définitivement parmi nous. J'ai cru comprendre que c'était aussi votre intérêt. »

Ainsi il s'agissait de moi. De moi, le tueur. C'était comme une énorme vague qui renvoyait le naufragé au large, au moment même où il touchait terre… Sale temps…

A l'hôpital, j'avais fait le calcul. Onze fois, exactement, j'avais effectué ce travail. A partir de photos identiques à celles-là. Onze fois j'avais fait ce qu'on m'avait demandé. J'étais dévoué, compétent, un bon élève…

De nouveau le pied-noir :

— Ce type prépare un attentat contre notre consulat général à Marseille. Et probablement quelque chose d'autre, de beaucoup plus grave. Nous le voulons mort, monsieur Bordin, vous comprenez : mort. Il porte toutes sortes de pseudonymes. Mais son vrai nom c'est Hasraoui. Ibrahim Hasraoui, un Algérien. Vous avez là-dedans – il tapote le dossier – toutes les saloperies qu'il a faites. Très dangereux, ce type.

Ma première réaction leur parut étrange :

— Et Nathalie ? Et Laura ? Qu'est-ce que vous en faites ?

Le colonel sourit :

— Vous les retrouverez en revenant. Rassurez-vous, elles ne craignent absolument rien…

Il se tourna vers son autre voisin :

— Mon collègue va vous dire comment cela va se passer.

— C'est moi qui suis chargé de la logistique.

Il a commencé comme ça, le type à gauche du colonel. Des petites lunettes d'intellectuel, plutôt une gueule d'étudiant, le genre de gars à étudier la structure familiale des chimpanzés en Afrique. Il parlait un français approximatif :

— Vous êtes dans une société de logiciels informatiques. – Il disait « des logiciens ». Vous êtes appelé Daniel Lebrun. Le passeport ici – il tapote le dossier. Un passeport belge. Demain nous serons ensemble pour les détails. Nous venons vous déposer discrètement à Chypre. Rappelez-vous : l'avion, vous ne pouvez pas prendre. Vous comprenez… les aéroports aujourd'hui… je ne vous enseigne pas ça. C'est bien comme ça qu'il faut dire ? Vous avez eu des problèmes sur le cœur… Les médecins disent : pas d'avion Le bateau départ de Beyrouth ce soir. Un gros bateau. Il serait à Limassol après-demain. A Marseille, vous avez nos services. Ils vous sortiront du port. Après, c'est à vous. Vous êtes né à Bruxelles. O.K. ?

Le colonel :

— Cher ami (après « mon vieux », ça faisait beaucoup), il faut aller vite. Hasraoui est actuellement dans les quartiers nord de Marseille. Une cellule islamiste très active. Il risque de partir la semaine prochaine, d'après nos écoutes. Il faut frapper avant. Les armes vous seront fournies dans le bateau.

Je comprenais qu'ils me faisaient payer très cher la protection qui m'était promise. En attendant, j'allais être de nouveau seul, face à ce boulot dégueulasse. Mais j'avais des souvenirs. Il me semblait que je savais faire…

*

Séance de travail le lendemain. Des professionnels. Il y avait tout dans la pièce où ils m'ont emmené : les vêtements, l'eau oxygénée pour les cheveux (sur le passeport, j'étais blond), des documents informatiques, une valise, de l'argent, des comprimés contre le cholestérol (j'étais vraiment cardiaque ?), brosse à dents, etc…

J'ai appris mon curriculum vitae devant eux. Ils m'ont fait répéter, est-ce que j'avais une sœur ? est-ce que je connaissais cette université à Bruxelles ? le siège social de ma société ? le nom du patron ? le numéro de téléphone ? (un de leurs agents répondrait), etc… Ça, c'était dans l'éventualité d'une rencontre désagréable avec des policiers. Je leur avais pourtant expliqué que la police française ne me connaissait pas…

Ayant beaucoup donné dans la simulation, je me crus revenu au début de ma carrière. Mais, je n'avais encore jamais été belge…

Il y eut aussi une description détaillée du groupe dont Hasraoui était le chef, des lieux où il avait stocké ses explosifs, les noms de code qu'il utilisait, la photo de sa compagne, quelques éléments sur les plus dangereux de ses complices, notamment un imam de Marseille qui vivait dans le même immeuble.

Le soir, j'avais tout avalé. Daniel Lebrun, citoyen du royaume de Belgique, s'apprêtait à partir pour la France, s'endormait dans une caserne israélienne, peu convaincu d'être encore utile à quoi que ce soit, si ce n'est à fourguer à qui les voudrait des logiciels informatiques qui lui étaient totalement incompréhensibles. Il ne pouvait qu'espérer, ce Lebrun, qu'il n'y aurait pas de rencontre avec le numéro douze.

*

Levé à l'aube. Le soldat habituel me porte un copieux petit déjeuner : œufs à la coque, sardines, café, petits pains. J'ai pensé à ce que l'on devait donner aux condamnés à mort. A Berlin, peut-être leur donnait-on à manger, juste avant de les emmener vers ces deux hommes là-bas qui les attendaient. Hans et son chef…

Dernière vérification. On m'enlève tous les documents qui pourraient me confondre. De nouveau, dans la cour, l'hélicoptère que j'ai entendu chaque jour de ma chambre. Mais cette fois-ci, c'est pour moi. Nathalie doit dormir quelque part dans cette caserne, entourée de ces femmes-soldats qui ressemblent, pour certaines, à des chars d'assaut.

Où pouvait bien être Peter ? J'aurais aimé lui parler de tout cela. « Dans ma caisse en bois, demain, glissez des dessins d'enfants, avec des soleils énormes, cela me fera plaisir. » Il m'avait dit ça, à l'oreille, dans la maison où nous étions avec Laura. Les soleils, c'est moi qui les aurais faits, Peter, je t'assure, je sais faire des soleils d'enfants. Je peux même en dessiner qui rigolent. De toute la couleur jaune dont on les a couverts… Je peux être clown aussi, avec mon gros nez rouge en plastique, attaché par un élastique derrière les oreilles. Un clown juste pour toi, Peter. Au moment où tu seras rappelé à l'ordre. L'ordre idiot d'un monde qui ne t'a jamais aimé.

Les pales de l'hélicoptère tournaient quand le colonel s'approche de moi. Il me hurle dans l'oreille :

— Naturellement, s'il arrive quoi que ce soit… je ne vous ai jamais vu…

Un peu plus fort :

— Je ne vous connais pas, monsieur Lebrun.

Et moi, encore plus fort :

— Moi, je vous connais bien, monsieur Allon.

J'ai prononcé Allon à la française. Comme on dit à un enfant : allons, reste un peu tranquille. Ou encore : allons enfant de la patrie. Il faisait une drôle de tête, le colonel. C'était même une sale gueule…

*

Survol de la mer mais cette fois-ci vers l'ouest. Les soldats qui m'accompagnent ont les mêmes équipements que ceux qui étaient venus me chercher. Mais ce ne sont plus les mêmes hommes. Et puis toujours ça : pas un mot, visages fermés. A Chypre, c'est dans un pré que l'on me débarque avec mon sac. Deux types sortent d'une ruine, une ferme abandonnée. C'est une campagne pauvre et brûlée. Il y a trois chèvres qui partent en courant, un enfant en short, la peau presque noire. Il nous regarde, ahuri, fait des signes timides avec la main. Un gros 4×4 derrière la ferme, nous partons calmement, comme si c'était un rendez-vous d'affaires, une histoire immobilière.

Soirée solitaire dans une taverne du port de Limassol. Je songe à Peter et me fais servir un double whisky. Une recette classique pour partir à peu près tranquille.

Dans le bateau, je m'enferme avec un vieux polar de série noire. Je le traîne avec moi depuis l'hôpital. *La Dame du lac*, c'est son titre. Un livre de Raymond Chandler traduit par Boris Vian. C'est très emmerdant.

J'aime ce voyage, probablement l'un des derniers. Je me coule dans ce nouveau rôle, comme un acteur. Juste avec la mort au bout. Si possible, celle que je donne. Pas celle qui me ferait cadavre étonnant quelque part dans les bas quartiers de Marseille. Définitivement incapable de sourire, de boire ou de bander. Cadavre entouré de flics perplexes, découvrant par exemple dans la poche du mort le passeport belge d'un homme dont les cheveux sont oxygénés.

Je sais ce qui m'a tenu vivant : la proximité constante de la fin. Une complicité qui n'a pas besoin d'être expliquée. Je m'entends bien avec la mort des autres. C'est tout… C'est un vieux film.

Le soir, lorsque le bateau tremble doucement, que la nuit est calme, j'ouvre la boîte des souvenirs, mes discrets compagnons. J'attends l'arrivée, le dénouement. Cela ne devrait plus tarder, maintenant. Je dors bien.

*

Marseille de loin. Les calanques d'abord. Le château d'If. On accoste. Le commandant m'emmène sur la passerelle. Le mistral décoiffe et la mer couvre le port de petites blancheurs irisées, frottées, qui sentent le sel. Nous attendons le débarquement des conteneurs. Il y a deux types qui arrivent. Nous quittons le bateau. La voiture nous attend. Il est indiqué sur les portières « Port autonome de Marseille ». Pourquoi pas ? Je me retrouve dans une rue. Seul. Je marche longuement. Envie de retrouver cette vitrine, le souvenir du visage de Nathalie, lorsqu'elle était encore N. Visage qui s'était inscrit devant moi. « Je m'appelle Nathalie. » La mémoire d'une femme c'est comme une terre d'asile…

La boutique n'existe plus. Un mois à peine – si je calcule bien – et c'est fini. Des ouvriers sont là, au milieu des gravats. Il reste au sol un mannequin en plastique, disloqué, coupé. Un autre est accroché à un échafaudage, des moustaches noires dessinées au-dessus des lèvres. Il porte à la main un petit gobelet en carton, comme si la femme qu'il fut, si élégante sous mes yeux, trinquait désormais à sa propre disparition, à mon retour, à la vie simple de ces hommes et à leurs amours… Je suis immobile, les bras ballants. Ils me regardent. Le passé, c'est ce qui nous échappe… J'ai envie de leur dire ça. Ils rigoleraient, les gars…

Petit hôtel merdique. Bruits de porte, querelles. Quelques ivrognes. Sans doute un hôtel de passe. Cris aigus de femmes qui se battent. Où dort-il Wilhelm, ce soir ? Comment est-elle sa prison ? Et Nathalie, en chien de fusil, là-bas ? Toutes ces nuits éloignées les unes des autres, qui ne communiquent pas entre elles, étanches, qui ne se ressemblent pas… Je range mes armes : un couteau pour égorger, un pistolet automatique – le dernier cri – au cas où… Et puis ce poison très rapide, qu'il suffit de mettre dans un verre de coca et l'on s'en va tranquille. Ce n'est même pas la peine de se retourner… J'ai tout ce qu'il me faut. Je dors.

*

Repérage le lendemain. J'ai loué un scooter. Avec le casque on peut tout regarder, sans être vu vraiment. Je tourne et je retourne. Les plans que l'on m'a donnés sont bons. Il y a une rue Paul-Emile Victor, elle croise la rue du Maréchal Gallieni. Pourquoi pas ? Hasraoui est dans la rue d'Oran. Un beau nom pour mourir. Des petits Blancs tout flétris, beaucoup d'immigrés, des enfants dans les cours, sur les trottoirs, autour des places, le long des murs. Qu'est-ce qu'ils foutent toute la journée, ceux-là, avec leurs Nike et leurs survêtements ? Il y a des filles en minijupe et des grosses femmes voilées, des marchands de légumes, un désordre africain. Le nord de Marseille, c'est le tiers-monde avec la télé et le R.M.I... Les trafics se voient à l'œil nu. Pas besoin d'être flic ici. Il suffit de se balader.

Et puis je le vois, lui, Hasraoui. Il discute avec trois types, devant son immeuble. Je suis étonné. Tout le monde a l'air de le connaître. Il dit bonjour toutes les minutes, se retourne, embrasse un gamin, prend une cigarette à un autre, la confisque, engueule un type qui passe en BMW, reparle avec ses copains... C'est peut-être un terroriste, mais il n'a pas l'air de se cacher... Un caïd plutôt...

Je recommence le lendemain. Mais de plus loin. Je sais qu'il habite, provisoirement, au troisième étage de l'immeuble. L'imam que l'on m'a signalé est au quatrième. Mais je ne peux pas le tuer là-haut, Hasraoui. Je n'aurais même pas le temps de partir. Ou alors, ce serait mon cadavre qui atteindrait le rez-de-chaussée...

Voici qu'une camionnette blanche s'arrête. Suivie d'une petite Clio rouge, banale, avec deux hommes à l'intérieur. Hasraoui s'approche, discute avec l'un des deux hommes. Pendant ce temps, la camionnette est chargée de gros cartons. Le déménagement, peut-être. Tout cela s'est fait très rapidement, dans l'indifférence générale. Ici, tout le monde transporte quelque chose : une roue de vélo, une théière, un cageot de courgettes, un fauteuil…

*

Le lendemain, je me lève avec le jour. Je connais ce signal en moi. C'est un avertissement, un petit mouvement intérieur. A chaque fois, cela s'est passé de la même façon : il va arriver quelque chose d'un peu dur.

Bien entendu, plus de scooter. Le vol, à Marseille, ça marche bien… Bon. Je vais dans une autre agence louer une moto. C'est plus rapide. Monsieur Lebrun, le Belge, a son permis. Ils ont tout prévu à Tel-Aviv… C'est une 650 cm^3. A la fois puissante et facile à tenir. Mais il faut utiliser son arme avec la main gauche, sinon on perd le contrôle de la machine. Je m'étais entraîné à cela, jadis. J'arrive sur les lieux. Pas longtemps à attendre. Une heure peut-être, pas plus. La camionnette arrive, puis la Clio rouge.

Hasraoui descend, sort de l'immeuble, l'imam est dehors. Ils s'embrassent, se mettent la main sur le cœur. Déménagement ou attentat ? Pour l'instant, il est difficile de trancher. Hasraoui s'engouffre dans la camionnette, s'installe à droite du chauffeur.

Direction l'autoroute. Vers Aix-en-Provence. C'est plutôt la thèse du déménagement qui l'emporte… Je me tiens à l'écart, deux ou trois voitures en arrière du convoi. Les deux types dans la Clio sont sûrement armés… Un panneau : « Aire de stationnement de Montélimar ». Clignotant. Tout le monde s'arrête. La Clio et la camionnette vont faire le plein. Hasraoui se dirige vers les toilettes, accompagné d'un seul garde du corps. J'ai laissé la moto derrière un poids lourd, mais j'ai gardé le casque sur la tête. Ce sera sans doute le seul moment à ma disposition. Il faut faire vite. Je glisse le long du camion, entre dans les toilettes. Ils sont là, tous les deux, en train de pisser. J'ai mis mon silencieux. Une arme formidable, celle qui m'a été donnée. J'ai bien envie de la conserver.

Le garde du corps s'est retourné. Juste sur le front, en plein milieu. Il s'est assis sur la pissotière, les yeux grands ouverts. Il y avait beaucoup de saleté sur le mur.

Hasraoui maintenant, le sexe encore à la main, un gros machin boursouflé, pas beau du tout. Il ouvre la bouche. Je lui glisse le silencieux entre les dents et le regarde une demi-seconde avant de tirer. C'est toujours un moment formidable celui-là. Le temps et la vie sont suspendus. C'est votre dernier moment de tranquillité. Pour lui, par contre, elle ne faisait que commencer.

Pendant tout le trajet, pour me conforter, je m'étais repassé les éléments du dossier que l'on m'avait donné à Tel-Aviv. Un vrai salaud, Hasraoui, une crapule dont la vie n'avait aucune valeur. Entraînement en Afghanistan, puis le maquis algérien, les G.I.A. Un nombre incroyable d'égorgements : des femmes, des enfants, des militaires algériens. Et puis les voitures piégées, les faux barrages, les filles que l'on emmène dans la montagne, les viols à répétition… L'une d'elles avait été brûlée vive. En s'enfuyant, elle avait foutu le feu à tout le maquis…

Je pensais à tout cela, pendant la demi-seconde au cours de laquelle, ses yeux étaient dans les miens, à l'intérieur des miens, plus noirs seulement, brillants de haine et de peur. Il s'est renversé en arrière, s'est plié lentement, une main en l'air, un instant suspendue à la cuvette, accrochée, trempant dans sa propre urine, puis glissant à terre avec le reste du corps, accompagnant le déclenchement automatique de la chasse d'eau. Tout cela avait été en même temps bref et lent, un film au ralenti, le bruit mat et étouffé du pistolet ayant seulement signé la mort des deux hommes. Le petit bâtiment aux portes soigneusement alignées, le carrelage blanc, témoignaient d'une fonction d'hygiène, d'évacuation, d'élimination dont j'avais été l'auxiliaire imprévu. Fonction soulignée par le calme ruissellement de l'eau dans les conduites. Il me semblait qu'il y avait un type, dans une cabine des toilettes, qui soufflait un peu dans l'exercice auquel il se consacrait, probablement le chauffeur du poids lourd. Il fallait sans doute ne pas m'attarder avec des cadavres le sexe à découvert et la tête assez dégradée…

Je me glisse à nouveau derrière le camion, reprends ma moto, et, sous mon casque, jette en passant un regard furtif sur les deux compagnons d'Hasraoui, côte à côte, le tuyau à la main, en train de discuter, à côté des pompes à essence, comme si l'éternité, d'un seul coup, s'était emparée d'eux.

Première bretelle, direction Marseille par des petites routes de campagne. Je me souviendrai longtemps du vent sur les talus, des coquelicots, de ma liberté démesurée, de mon retour vers la mer, ma seule et belle, ma douce et bleue, ma liquide voix d'accès à la liberté. J'aurais voulu avoir derrière moi les cheveux d'une femme brassés par le vent. Elle aurait eu les mains sur ma poitrine, le visage collé contre mon dos, dans la position amoureuse et fragile de ces filles au blouson de cuir qui vous doublent sur les routes, sans un regard, accrochées à leur homme, déjà lointaines.

Ils auront attendu deux jours, mes « employeurs » israéliens, pour me revoir. Sans grande prudence, je m'étais vautré dans Marseille, j'avais goûté toutes les couleurs du jour, l'odeur des marchés et des trottoirs lavés, j'avais lu la première phrase d'un nombre incroyable de livres que j'avais jetés aussitôt, déposés sur un banc, glissés sous le portail en fer forgé des riches villas de la corniche. J'avais dormi dans dix cinémas différents, j'avais nagé et marché, écouté dans les cafés des conversations interminables, parcouru tous les journaux qui traînaient sur les tables, suivi des jeunes femmes dans les grandes surfaces, discuté avec les vendeurs africains du Vieux-Port, des Noirs subtils et rigolards. J'avais beaucoup d'argent liquide, mais surtout, à satiété, je voulais sentir la France, en faire une provision telle (provision de mots, de visages, d'accents, de silhouettes, de paysages) que plus personne jamais n'aurait pu m'en dépouiller.

Dans les journaux, l'énigme du double assassinat de l'autoroute était totale. Crime raciste ? s'interrogeait *La Marseillaise*, le journal communiste. Règlement de comptes, titrait *La Provence*. La police disait suivre toutes les pistes. Mais j'étais tranquille. Seul, le numéro douze aurait pu me retrouver, or ses dirigeants ne pouvaient connaître l'auteur de ce double meurtre qui ne correspondait à aucune mission en cours. L'itinéraire criminel de Hasraoui n'était même pas mentionné. Ce salaud avait dû être un indicateur de la police française… Très précieux, Hasraoui…

Le soir du deuxième jour j'ai retrouvé mes accompagnateurs. C'étaient les mêmes et ils commençaient à s'impatienter. Depuis la veille, ils se relayaient dans un square minable, du côté de la gare d'Arenc… C'était le lieu où nous devions nous retrouver après l'opération. Le bateau devait partir dans la nuit pour Beyrouth. J'avais failli dérégler leur minutieuse mécanique.

*

De nouveau Chypre, de nouveau l'hélicoptère, mais cette fois, c'est la nuit, près d'une immense décharge. Un embarquement brutal dans la puanteur et le réveil des mouettes… Toutes mes armes sont reprises.

A Tel-Aviv, il fait encore sombre. La cour de la caserne est déserte. Comme d'habitude, le pilote ne dit rien. Les autres membres du commando non plus.

Lorsque le bruit des rotors s'arrête, je reste là, planté comme un imbécile, au milieu de la cour.

L'équipage de l'appareil s'est éloigné sans dire un mot. Je me dis qu'il doit y avoir une erreur, qu'ils ne savent sans doute pas ce que j'ai fait. Peut-être Nathalie est-elle partie ? J'ai une sorte de vertige : et si la cible, à Marseille, n'avait pas été la bonne ?

Et puis Laura, tout à coup. Elle est venue derrière moi. Elle a dit simplement : « Jean. » Je me suis retourné. Elle pleurait. La mort c'est dans le visage des autres. J'ai compris tout de suite. Nathalie est arrivée. Elles avaient, la brune et la blonde, le même regard traversé par la bruine.

J'ai dit : « Peter ? » Elles n'ont pas répondu. L'hélicoptère était là, silencieux, comme un énorme insecte mort. Sur la cour le jour se levait, on entendait déjà des voix humaines, une odeur de vent venant de la mer, un bruit de voitures, un peu plus loin. Jamais je ne m'étais senti aussi étranger, repoussé aux limites de la vie, un noyé sans orgueil, désemparé dans ses vêtements trop grands, échoué devant des enfants.

Elles m'ont embrassé. J'ai entendu « viens ». Je ne savais pas où il fallait aller, où il fallait être, en quel point du monde me rendre pour que le mot solitude cesse de me définir, de s'accrocher à moi, de résumer ma vie et ma mémoire. Je les ai suivies.

Laura : « On verra le colonel demain. Viens. Il m'a demandé de t'accompagner. » Si le colonel avait su, à ce moment-là, combien je me foutais de lui, de ses intégristes, de son hélicoptère, de son accent anglais, de ses soldats… « Il est mort hier soir, vers vingt heures, me dit la blouse blanche surmontée d'un visage. En une semaine, ça s'est brutalement dégradé. »

Mon aller et retour sur Marseille avait duré (sans doute, mais je ne m'en souvenais plus) autour d'une dizaine de jours… Ainsi avais-je donné la mort pendant que Peter regardait venir la sienne : la même, aussi bête, aussi sale.

Il avait un visage paisible. Laura me dit que, bourré de morphine, il n'avait pas souffert.

Le petit Juif, dans son hôpital de Tel-Aviv, était allongé là, flottant vers des mots inconnus, allant rejoindre madame Sonderfield, sa maman, du moins ce qu'il en restait, une trace imperceptible, à peine posée, dans sa légèreté, tout au bout d'un chemin de mépris et d'effroi. Le papa pendu se balançait dans des arbres dépouillés de feuilles, au-dessus de la terre. Il était devenu brume, nuage, flocon de neige et veillait sur la famille, sur nous tous, petite poussière tournoyante emportée par le vent.

Nathalie avait récupéré son visage des jours meurtriers. Ce n'était pas – et de loin – son premier mort. Elle était là, au milieu de la chambre blanche, sentinelle droite, immergée dans un instant qui n'en finissait pas, le mort lui-même ayant cessé d'interrompre le temps, de lui fournir des rires, des regards malicieux, une ambiguïté du corps et de la voix.

Corps inutile désormais.

Il avait dit cela : « Après la mort, on fera autrement, n'est-ce pas Jean ? »

*

Il y a maintenant trois mois que Peter est mort. Je continue à parler avec lui pendant la nuit, dans les rues, dans les cafés de Tel-Aviv.

Je revois Nathalie, mais rarement. Nous n'arrivons plus vraiment à nous parler. Désormais elle vit avec le colonel Allon. Pourquoi pas ? Cela devait sans doute arriver… Allon ou un autre… Ce sera un couple à peu près normal, attentif à ses enfants auxquels on apprendra la dureté de la vie, les règles de la vengeance, la beauté lumineuse de Jérusalem.

Une seule fois, une dernière fois, dans un café où nous nous étions retrouvés, Nathalie m'a parlé vraiment. Probablement parce qu'elle avait bu. C'était un soir biblique. La mer avait, devant nous, des milliers d'années. L'horizon était orange, lavé par le vent, traversé seulement de fines lamelles de nuages qui ressemblaient à une partition de musique… Une partition rose et bleue. Nathalie était ivre lorsqu'elle est arrivée. Sa démarche avait quelque chose d'ondulant. Il fallait passer entre les tables et elle le faisait comme une danseuse. Tailleur blanc, mocassins de cuir blanc, les lunettes de soleil sur les cheveux, elle était déjà une fille d'Orient. Bronzée, vivante, l'alcool n'avait pas altéré la beauté de cette femme. Mais elle était au bord des larmes. Elle a renversé une chaise en s'asseyant. Je n'ai dit que des banalités. En France, la majorité avait changé, un nouveau gouvernement venait d'être nommé. On commençait, à mots couverts, à parler de nos services de renseignements, de leurs faiblesses.

Mais pas encore du numéro douze… « Donner son corps à la France ? Comme en 14 ? C'est ça le service ? Comme dans les tranchées ? Avec des rats sur le dos ou sur le ventre… Se faire sodomiser par des hommes dont la salive vous coule sur la nuque ? C'est ça le service ? Je suis ici parce qu'un jour j'en ai eu marre de ces gens cravatés, décorés, qui deviennent des bébés dans mes bras quand il faut les lécher ou les sucer… Tout ça pour un dossier, une confidence, ou pire encore, pour une photo qui les compromettra à jamais. J'en ai eu un comme ça. Le numéro douze le faisait chanter. Mais il ne voulait pas céder… Un ministre anglais. Trois jours après, il y avait sa photo, à poil, dans un tabloïd de Londres… Heureusement, moi, on ne pouvait pas me reconnaître. Dans le service, ils ont toujours su préserver la fidèle collaboratrice, la petite pute que j'étais… »

Elle me dit que maintenant, elle était rangée, qu'elle avait décidé de s'installer ici. Elle avait, en effet, un petit air bourgeois, tempéré seulement par l'alcool, mais au fond assez sympathique. Ça lui allait bien ce rôle de femme de colonel...

*

A présent, je traîne autour de l'appartement que les services du Mossad ont loué pour moi, en bord de mer, à Netanya. Hier j'ai échappé à un attentat. Mais ce n'était pas moi qui étais visé. Enfin, pas directement... Le bar que je venais de quitter a explosé. Je me souviens du type qui a dû faire ça. Il s'était assis devant moi, sur un banc en plastique, avec son sac à dos posé par terre. Lorsque je suis parti, je me suis arrêté sur le trottoir et je l'ai regardé longuement... Un pressentiment... Ce qui me reste du métier...

*

Dans le *Jerusalem Post* on parle encore de la Yougoslavie, du procès de Milosevic.

On retrouve peu à peu, dans les fosses communes, les morts de Srebrenica, leurs vêtements troués, déchirés, couverts de terre, les restes humides du malheur.

En France, il y a des croix gammées sur des tombes juives, des synagogues sont brûlées, dans le métro des rabbins sont bousculés. Le monde continue à tourner sur lui-même. C'est de nouveau l'automne.

Ici la mer est calme, presque blanche à travers les lauriers du balcon.

Je regarde vers l'Europe et je sais qu'il n'y a plus rien à dire.

*

Aujourd'hui Laura est venue me voir. Elle a grossi. Elle m'apporte le livre de Peter dans son édition française. C'est un immense succès ici, aux Etats-Unis, en Europe me dit-elle. Je la regarde sans rien dire. Elle continue en parlant vite : « Le texte ne rentre dans aucune catégorie. Il y a des aphorismes, des citations, des extraits de faits divers, des souvenirs, des descriptions imaginaires, notamment celle du petit tailleur de Prague, son père.

C'est un beau livre, tu sais. Mais il n'y a pas la voix de Pierre, là-dedans. C'est une voix que l'on ne peut pas enfermer dans les pages. Ce qu'il était ne pouvait pas être écrit. Lorsqu'il était vivant, cela disparaissait aussitôt, se trouvait enfoui. Ensuite, c'était bouclé, caché. On ne pouvait plus y revenir. Il aurait fallu creuser trop longtemps… »

Elle avait posé le livre devant moi. Je le regardais fixement, comme si c'était une grenade que l'on aurait posée sur ma table. J'avais tourné autour, sans l'acheter, dans les librairies de Haïfa ou de Tel-Aviv. Jusqu'à présent, le titre, en allemand ou en hébreu, me semblait incompréhensible. Maintenant, il était devant moi, en français. Un drôle de titre *Je suis né deux fois*… Pour faire plaisir à Laura qui me le demandait, j'ai lu à haute voix le début du livre. Laura disait que le français de Peter c'était « une langue de seigneur ».

« Je suis né deux fois de suite, en 1938. La première fois à Dresde et la seconde à Prague. Ça fait deux enfants qui se croisent, qui ne jouent pas ensemble, qui ne racontent pas les mêmes histoires. L'enfant de Dresde et l'enfant de Prague se haïssaient sans jamais s'être rencontrés. Leurs pères se haïssaient, leurs grands-pères se haïssaient. Leurs livres n'étaient pas les mêmes, leurs planètes non plus, leurs forêts, leurs maisons… »

Et un peu plus loin :

« Il y avait les mères cependant. Les mères sont toujours animales. Il est déjà arrivé qu'une lionne protège le bébé d'une gazelle, qu'elle lui donne son lait, le traite comme son enfant. Peut-être avait-elle deviné qu'il ne fallait pas détruire cette odeur de plante… »

Laura continuait : « Un oncle était mort, dans les années soixante aux Etats-Unis. Pierre avait recopié des coupures de presse… C'était un commerçant. Il avait ouvert une pizzeria en Virginie. Le succès lui avait permis de créer une petite marque relativement connue et une chaîne de commercialisation sur la côte Est. » Elle poursuivait, un peu excitée : « J'ai retrouvé une trace de lui, l'oncle, provenant des services américains de l'immigration. Un bateau venant de la mer Noire avait posé sa cargaison humaine à New York en 1934. Dans la liste, un certain Sonderfield avait été mis en quarantaine à Ellis Island, avec un groupe d'Ukrainiens embarqués à Odessa. Il était sans doute le frère du tailleur juif pendu dans la forêt allemande quelques années plus tard. »

Elle se tut pendant quelques instants et puis d'une voix basse, cherchant au fond d'elle-même les mots : « Tu sais, il avait une deuxième maladie, Pierre. Une maladie que personne n'a réussi à nommer, à identifier. Cela se traduit pourtant par des symptômes précis : la gorge nouée, la respiration difficile. On regarde les autres humains avec une incrédulité douloureuse. Une sorte de stupéfaction. On a du mal à parler. Le bonheur est devenu impossible mais on ne sait pas pleurer. Moi, je l'ai appelée la maladie de la Shoah. Elle ne touche pas seulement ceux qui ont connu l'horreur dans leur chair. Elle touche peut-être surtout ceux qui, par le livre, le récit, l'image, ont pénétré une fois pour toutes dans le nuage suffocant de la bestialité humaine. Ils ont été empoisonnés. Leur vie ne sera plus jamais comme avant. Ils ne regardent plus les enfants de la même manière. Ils ne peuvent plus entendre parler allemand sans souffrance. Moi, je n'ai pas vécu ça. Je me souviens cependant de tout et surtout des petites filles au bord des fosses communes. Tu sais… il y a le bruit d'une locomotive, d'un train de marchandises et je frissonne. C'est une maladie d'aujourd'hui. Elle a mis plusieurs années à se propager. Je vois parfois, ici même en Israël, plus rarement en Europe, des gens qui sont touchés. Il n'y a aucun soin pour cela. Ce n'est pas une dépression même si ça lui ressemble. La vie continue. On travaille, on lit les journaux, on marche, on peut même faire du sport. Et puis, brutalement, tu as une piqûre au fond de toi. Certains s'en tirent avec brutalité ou ironie. Ce sont les plus forts. Surtout parmi ceux qui ont vraiment vécu cela. Et puis d'autres, plus éloignés peut-être du centre même de la catastrophe, ne s'en remettent pas. Ils traînent leurs vies avec l'angoisse du meurtre.

Ce nuage-là, il a empoisonné Pierre. Son cancer s'est propagé dans tout son être, beaucoup plus vite que ne l'avaient prévu les médecins. La décomposition de son corps a été accélérée par la déroute de sa raison. Tu sais comme moi qu'il y a plus de fous qu'on ne le dit. Eh bien, le nuage dont je te parle, comme celui d'une explosion nucléaire, il va s'étendre par cercles concentriques et recouvrir tout l'espace des hommes. Il les rendra fous. Non pas parce que ce serait le premier génocide. Il y en a eu d'autres avant. Mais parce que c'est le premier qui a perdu, définitivement, le côté artisanal qui s'attache à la mort. Et personne n'a encore compris ce qui s'était réellement passé.

Tu sais ce qu'il m'a dit, un jour, Pierre ? C'était quelque chose comme ça : « Ma certitude c'est que l'amour n'a aucun avenir. Il disparaîtra comme un sentiment qui n'a plus sa raison d'être. »

Laura continuait mais je ne l'écoutais plus. Derrière elle, à travers la porte-fenêtre, le ciel était radieux. Il faisait doux. Je pensais au cimetière juif de Prague, aux fleurs d'Orléans, à ma mère chinoise, à mon père cloué sur son arbre. Il y avait un parfum mêlé qui venait jusqu'à nous. Odeur de sable, de pierres chaudes et d'immortelles.

*

Pendant de longs mois, je n'ai vu personne. Il y avait souvent une voiture, en bas de mon immeuble, avec deux types dedans. Je connaissais bien cela. Je n'en souffrais pas. Cette surveillance était dans l'ordre des choses, dans l'ordre du monde que j'avais quitté. Il avait gardé ses règles, sa manière de faire. Ce n'était pas une question qui m'était posée. Cela me convenait d'être surveillé en silence. Je devinais les comptes rendus, les rapports, mes journées racontées par d'autres : marche, silences, alcool, tout ce qui faisait de moi l'homme le plus ordinaire qui puisse être. J'ai commencé à apprendre l'hébreu… et si cela avait été possible j'aurais bien aimé oublier ma langue. Celle de ma mère…

*

J'avais une pension du Mossad pour la réussite de mon « action marseillaise ». Ce n'était presque rien et je vivais chichement. J'acceptais des petits boulots. Je savais qu'ici on ne me chercherait plus. Je flottais dans un air trop libre. C'était nouveau pour moi, ce sentiment. Il y avait comme une brise, du pollen, dans ma façon de voir les humains. Je n'étais plus responsable de rien. Je n'étais plus rien d'ailleurs.

Monsieur Personne. Un humain aérien, à peine visible à travers les événements. Il m'arrivait de boire, de nager au-delà de toute mesure. J'avais besoin d'alcool pour apaiser ce qui restait en moi de malheur. Oui, c'était ça : me nettoyer du malheur devenu comme une boue collée à mon corps.

Je traînais. Sans ami, sans femme, sans d'autre avenir que le silence des jours à peine tracés dans la lumière du jour, cette lumière d'une terre convoitée, industrieuse, écrasée d'Histoire.

*

Un jour Laura vient pour me quitter. Elle est affectée en Angleterre. Il y a, à Londres, des mouvements islamistes extrêmement dangereux. La Grande-Bretagne est devenue en quelques années un patchwork de communautés. Plus étrangères les unes que les autres aux coutumes, aux lois, aux racines de l'Occident. La capitale britannique sert de plaque tournante aux mouvements islamistes en Europe.

Laura ne dit rien que je ne connaisse. Elle est encore jeune, porte désormais des lunettes, se coule dans un corps bien rond, lisse. Il ne suscite en moi aucune envie. Je la laisse parler comme si c'était une étrangère. Mais c'est moi qui le suis. Avec mon air déglingué, toujours bancal, à peine planté sur le sol. Elle devine tout cela, ne s'attarde pas. Il n'y a plus rien qui puisse se dire, s'expliquer. Et surtout pas ce rapport entre un homme et une femme qui n'ont pu connaître que les guerres qui les séparent. Maintenant, elle est devant mes yeux comme une ombre bleue en train de s'éloigner.

On entend le bruit de la mer. Le vent d'ouest s'est levé. J'ai le regard perdu et je ne la distingue même plus. Si je savais pleurer, je crois que je l'aurais fait. Mais à quoi bon ? Il n'y a plus rien qui m'attache à mon histoire. Je suis allé dans tous les recoins de la vie humaine. J'ai tout exploré, visité, inventorié et je n'ai rien trouvé qui ne me donne l'envie de vomir. Ou simplement d'être ailleurs, là où il n'y a plus de mots, de femmes pour nous cacher ou nous accueillir, accepter les coups à notre place. Ou simplement sourire.

Laura se lève. Je sais que je ne la reverrai pas. Elle m'embrasse. Je la regarde partir. Elle se retourne, revient vers moi et me fixant avec une espèce de détresse : « Tu sais quels ont été ses derniers mots ? “Ça alors… ça alors…” »

Achevé d'imprimer sur les presses de

BUSSIÈRE

GROUPE CPI

à Saint-Amand-Montrond (Cher)
en mars 2005
pour le compte des Éditions Grasset,
61, rue des Saints-Pères, 75006 Paris.

Mise en pages : Bussière

N° d'édition : 13725. — N° d'impression : 45603-044980/4.
Dépôt légal : mars 2005.

Imprimé en France

ISBN 2-246-66661-9